성추행당할 뻔한
S급 미소녀를 구해주고 보니
옆자리 소꿉친구였다 5

켄노지

커버 · 삽화 · 본문 일러스트
플라이

① 촬영과 여름의 일상

학교 축제 때 상영할 독립 영화는 조금씩이나마 진도가 나가고 있었다.

맴맴, 시끄럽게 우는 매미 소리도 한층 더 거세진 듯한 8월 초.

세간에서는 여름 코시엔이 시작되거나 각 지역에서 불꽃놀이 행사가 개최되고 있다.

나는 지금, 영화를 찍으며 오케이했던 장면을 토리고에와 확인 중이다.

연기자들은 좀 전에 더운 교실 때문에 비명을 지르며 도서실로 몸을 식히러 가버렸다.

옆에서 토리고에가 미니 선풍기를 위이잉 켠 채 자신에게 바람을 부치고 있었다.

평소에는 얌전한 이 토리고에가 이번 영화의 각본 담당이다.

영화의 내용에 대해서는 토리고에와 의논하는 경우가 많은 것도 그런 이유였다.

"저기, 후시미가 이 대사를 약간 바꿨는데, 토리고에는 어떻게 생각해?"

"나는 크게 신경 쓰이진 않던데. 타카모리 군은?"

"나도 마찬가지야. 문제없어. 의미가 달라지거나 나중 전개에 지장이 생긴다면 바로잡아야겠지만, 그렇게까지 큰 영향은 없을 것 같아."

"응, 동감이야."

토리고에는 의견을 확실히 말해주기 때문에 의외로 믿음직스러웠다.

해변 장면을 찍을 때는 그런 이유로 인해 후시미와 충돌하기도 했지만.

토리고에는 봄까지 물리실에서 조용히 점심시간을 함께 보내던 상대에 불과했는데, 뜻밖의 일면이었다.

"료 군~ 시이~. 와카가 아이스크림 사다 줬어. 교무실에 있으니까 하나씩 먹어도 된대."

영화의 주역을 맡은 소꿉친구, 후시미가 교실에 얼굴을 내밀었다.

이 녀석이 바로 영화를 찍어서 학교 축제 때 상영하자는 이야기를 꺼낸 장본인이다.

얼마 전에는 응모했던 뮤지컬 오디션에서 탈락한 것 때문에 촬영을 쉬기도 했지만, 이제 괜찮은 것 같았다.

"진짜로? 와카가? 통 크네."

와카라는 건 담임 교사인 와카타베 선생님의 별명이다.

"잠깐 쉬면서 아이스크림 먹자."

토리고에의 제안에 나도 찬성했고, 교실을 나선 뒤 후시미까지 함께 교무실로 향했다.

"히메지는 오늘 못 온다고 했던가?"

토리고에가 혼잣말처럼 물었다.

히메지, 즉, 히메지마 아이는 내 또 다른 소꿉친구다.

"아~, 응. 연습이 있는 모양이야."

"좋겠다아~, 아이. 좋겠다아~."

뿌우뿌우, 후시미가 소리를 내며 입술을 삐죽댔다.

후시미가 탈락한 오디션에는 히메지도 우연히 응모했었고, 둘 다 최종 심사까지 남은 와중에 히메지가 심사에 합격했다.

히메지는 예전에 아이돌 그룹으로 활동했을 정도로 외모가 화려하다. 노래도 잘한다. 하지만 연기는 아직 공부 중이다.

그럼에도 불구하고 합격한 것은 제작 쪽에서도 이것저것 생각했기 때문인 모양……이라고 몰래 들었다.

내가 보기에는 연기로만 따지면 후시미가 훨씬 잘하는 것처럼 느껴졌다.

히메지가 가끔 오지 못하게 되자 스케줄을 변경할 수밖에 없었기에 그 사실에 대해서는 반 친구들에게도 설명했다.

"이 영화를 촬영할 상황이 아니지 않나?"

걱정스러워하는 토리고에를 보고 나는 고개를 저었다.

"이쪽도 대충하지 않을 거고, 짬짬이 촬영에 참가하려는 것 같으니까 괜찮아."

"그렇구나. 히이나, 아쉽게 됐네."

"정말, 그렇다니까! 그렇다니까! 그래도 참가자 중에서는 내가 제일 잘했던 것 아닐까 하는 생각을 지금도 남몰래 하고 있지만 말이지."

흐응, 하고 불만스러운 듯이 콧김을 내뿜는 후시미.

탈락 이야기는 이미 대놓고 하고 있었다.

나는 그녀 마음속에서 그 건이 일단락되었기 때문이라고 생각한다.

"히이나. 그 지나친 자신감이 발목을 잡은 거 아니야?"

"시이, 상처에 소금을 뿌리지 말아줘."

토리고에가 쿡쿡 웃자, 진지한 표정을 짓고 있던 후시미도 표정이 부드러워졌다.

우리는 아이스크림을 든 반 친구들과 스쳐 지나간 다음, 에어컨이 가동되고 있는 교무실로 들어섰다.

그 안에 있는 탕비실 근처에 반 친구들이 몇 명 보였기에 가보니 냉장고 문을 열고 뭘 먹을지 고르고 있었다.

와카가 사다 준 다양한 아이스크림.

맛도 여러 가지였다.

"료 군은 딸기지?"

"어째서?"

"여름 축제 때 매번 딸기맛 빙수 먹었잖아."

"그랬나?"

딸기맛을 좋아하긴 하지만, 레몬이나 멜론, 블루 하와이도 좋아한다.

"소꿉친구 필드를 전개해서 나만 따돌리려 하지 말아줘."

토리고에가 후시미에게 클레임을 걸었다.

"그럴 생각은 없었어. 시이는 무슨 맛파야?"

"나는, 레몬."

"좋네, 레몬. 나도."

레몬파끼리 뜨거운 악수를 나누는 두 사람.

"그 빙수, 색만 다르지 내용물은 똑같지 않나?"

잡학 계열 TV 프로그램에서 그렇게 말했었다.

"그럴 리가 없잖아. 레몬맛이 확실하게 나는데."

"일설에 따르면 그렇다고 하는데."

"……타카모리 군, 의기양양하게 잡학에 대해 자랑해봤자 그런 사실을 알게 된 우리가 김이 샐 뿐이야."

"……죄송합니다."

아니, TV에서 그렇게 말했다고…….

토리고에의 독기 서린 코멘트가 이렇게 나나 후시미에게 날아 드는 경우가 가끔 있다.

반 친구들이 떠나간 뒤, 나는 와카가 사다 준 아이스크림 중에 서 포도맛을 골랐다.

딸기맛도 있긴 했지만, '역시 딸기맛을 좋아하는구나'라는 말을 듣는 게 마음에 들지 않았기에 고르지 않았다.

"역시 레몬!"

후시미가 그렇게 말하며 마치 전설의 검을 뽑아 드는 듯한 움 직임으로 냉장고에서 아이스크림을 꺼냈다.

"난 멜론."

슥 꺼내든 토리고에는 아무런 감흥도 없다는 듯이 포장지를 재 빨리 쓰레기통에 버리고는 아이스크림을 베어 물었다.

"레몬 아니야———?!"

"뭐 어때. 그냥 내버려 두라고."

"좋아한다고 해서 그것만 고른다는 게 과연 바람직한 걸까? 시야가 너무 좁아진 거 아니야? 히이나."

"으으윽……. 레몬 외길 인생인 나를 디스하다니……."

토리고에 본인은 그럴 생각이 없었는지 와삭, 와삭, 아이스크림을 맛있게 먹고 있다.

나도 포장지를 벗겨내서 쓰레기통에 버렸다.

차가운 아이스크림이 이빨 끝에 닿았다.

깨물자 포도맛이 입안에 퍼졌다.

아이스크림, 맛있네.

"앞으로 세 번, 열심히 촬영하자."

내가 그렇게 말하자 후시미가 오~, 하며 아이스크림을 들고 있던 손을 치켜올렸다.

오늘자 촬영이 끝나 나와 후시미가 집에서 가까운 역으로 돌아오자 낯익은 뒷모습이 보였다.

"이봐~, 히메지."

내가 부르자 히메지가 이쪽을 향해 빙글 돌아섰다.

대학생이라 해도 딱히 문제없을 정도로 어른스러운 사복.

히메지는 초등학교 시절에 나와 후시미, 여동생인 마나와 자주 함께 놀곤 했다.

이사 간 곳에서 어느새 아이돌이 되어 있었던 히메지는 건강 악화로 인해 활동을 쉬고 우리 학교로 어중간한 시기에 전학 왔다.

"아. 료하고 히나. 지금 오시나요?"

"촬영이 끝나서 방금 도착한 참이야."

그리고 후시미는 내 뒤에 숨어서 히메지를 원망스러운 눈초리로 바라보고 있었다.

"뭐죠? 히나. 하고 싶은 말씀이 있으면 하세요."

으스대는 표정을 지은 히메지가 후시미에게 손을 내밀었다.

"분해애……, 아이는 연기도 엄청 서투른데."

또 시작됐다.

"죄송합니다. 전 가지고 있는 능력이 연극을 조금 해보기만 한 분하고는 달라서요."

"으으으윽."

후시미는 당장에라도 손수건을 물어뜯을 것 같았다.

"툭하면 그렇게 찍어누르려 하지 말라고."

히메지도 처음에는 탈락 이야기를 꺼내려 하지 않았지만, 후시미는 신경 써주는 것 같은 모습이 싫었던 모양이었다.

자기가 먼저 약간 농담처럼(뭐, 절반은 진심이겠지만), 분하다거나 사실은 내가 더 잘했다거나, 그런 말을 히메지를 비롯해서 토리고에나 나에게까지 말하게 되었다.

"아이. 영화가 완성되면 엄청난 일이 벌어질 거야."

"어째서죠?"

"내가 연기를 너무 잘해서 라이벌 역할인 아이가 얼마나 서투른지 눈에 확 띌걸? 엄청 붕 뜨겠지~."

"너도 찍어누르려 하지 마."

두 사람은 항상 이렇게 투닥거리곤 했다.

인사처럼 벌인 기세 싸움이 끝나자 우리는 역을 나서서 걸어가기 시작했다.

오늘 촬영 이야기, 히메지의 스케줄에 대한 재확인, 무대 연습을 통해 알고 지내게 된 사람 이야기. 그렇게 이야깃거리는 많았다.

"제 여름방학이 어느새 빡빡한 스케줄이 되었네요."

"내가 대신해줄까?"

"됐어요."

저 둘이 미소를 지으면서 저런 이야기를 하면 미묘하게 무섭단 말이지…….

스케줄이라고 하니, 나도 아르바이트 일정이 잡혀 있다.

히메지가 소개해준 사무소의 사장님 업무 보조 아르바이트다.

그러고 보니 사장님인 마츠다 씨가 후시미에게 사무소에 대해 선전해달라고 했었지?

마츠다 씨는 영상의 프로가 아니지만, 내가 만든 영상에 대해 뭔가 조언을 해줄 것 같으니 조만간 정리해서 보여줘야겠다.

"그럼, 아이. 내일 촬영 잘 부탁해."

"네. 저야말로 잘 부탁드릴게요."

"안녕."

우리는 간단한 인사를 나눈 다음, 히메지와 헤어졌다.

"료 군, 아르바이트 바빠?"

"나름대로."

"정신을 차리고 보니 어느새 시작했길래. 깜짝 놀랐어."

아르바이트 한두 개 정도는 여름방학을 맞이한 고등학생이라면 시작해도 이상할 게 없을 텐데.

"미리 가르쳐줬으면 했는데……."

후시미는 삐진 듯이 발치를 바라보았다.

"아이의 연줄로 시작한 거지?"

"응. 우연히 일손이 필요했던 모양이라서."

"매번 아르바이트 끝나고 아이랑 놀기도 해?"

"안 놀아. 내가 아르바이트를 하는 날에 히메지가 매번 사무소에 들르는 것도 아니니까."

"흐응~."

후시미가 그렇게 말하며 눈을 흘겼다.

대체 뭘 의심하는 거냐고.

기재를 빌리고 돌아올 때 한 번 그런 적이 있긴 하지만.

"아. 후시미도 아르바이트 하고 싶어……?"

그럴 가능성도 있다.

"아니거든요오."

으으, 하며 후시미가 토라져버렸다.

"아, 아이는 아직 전혀 연예인이 아니거든?!"

"그런 건 나도 알아."

"아이돌로 활동했었던 것 같긴 하지만, 그것도 이미 그만둬버렸다고 하니까."

"나도 안다니까."

"연기는 내가 더 잘하고!"

"그것도 알아."

후시미는 계속 으으으거리며 곤란하다는 듯이 눈살을 찌푸렸다. 그러다 헉, 소리를 내며 뭔가 눈치챘다.

"시, 시이하고는 놀아?"

"토리고에? 전혀."

"그……, 그렇구나, 그렇구나."

휴우, 후시미는 그렇게 안도의 한숨을 쉬었다.

대체 무슨 확인을 하는 건데.

"……숙제는 안 했어."

"응. 그렇겠지."

후시미는 내 친척 상황 같은 걸 이미 예상하고 있었던 모양이다.

약간 토라진 것 같았던 후시미의 기분은 그녀의 집에 도착했을 무렵에 이미 풀려 있었다.

"내일 봐."

"응. 또 보자."

나는 손을 흔들며 걸어서 2분 정도 되는 거리를 걸어와 집에 도착했다.

내일 두고 가지 않게끔 기재를 현관에 내려놓고 있자니 그 소리를 들은 건지 여동생인 마나가 '오빠야, 집에 오면 다녀왔습니다부터 해야지'라며 고개를 내밀었다.

"그래."

"그래가 아니라. 정말~."

어이없어하는 마나가 입은 실내복 반바지는 엄청나게 짧았다.

덥다면서 다리를 다 드러내고 있고, 위에는 캐미솔만 하나 걸친 옷차림. 집에서는 천 면적이 속옷 플러스 알파 정도에 불과했다.

옷을 갈아입지 않고 거실에서 늘어져 있었더니 마나가 예전에 좋아한다고 했던 연예인의 부고 소식을 알려주었다.

"엄청 충격이야……. 오빠야, 나를 위로해줘."

"신경 쓰지 마."

"그게 위로냐고."

마나는 곧바로 태클을 걸었지만, 내 말이 웃겼는지 깔깔대며 웃었다.

"너무 서투르네. 빵 터졌어."

"그럴 생각은 없었는데, 기운이 난 것 같아서 잘됐네."

"그래도 말이지~. 이런 생각이 들었어. 누구든 갑자기 떠나 버리는 경우가 생길 수 있겠다고."

뜻밖의 사고로 죽는다면 그렇겠지.

"그러니까 말이야, 하고 싶은 말은 할 수 있을 때 해두려고."

말할 수 있을 때 해둔다라.

말할 수 있다는 게 당연하지 않게 될 수도 있으니까.

제일 먼저 후시미가 떠올랐다.

촬영 이야기나 학교 이야기, 친구 이야기……, 했던 약속 이야기……, 종류는 잔뜩 있다.

"오늘 같은 내일이 온다는 보장은 없단 말이야, 오빠야!"

마나는 명언을 말했다는 듯한 표정이었다.

"우와, 엄청 와닿네."

"그거 거짓말이지~! 대놓고 국어책 읽기잖아!"

마나는 장난 섞인 화를 내고는 나를 찰싹 때리고 나서 부엌 쪽으로 갔다.

나는 거실로 가서 소파에 털썩, 앉았다.

좀 전에 후시미가 있어서 히메지에게 꺼내지 못했던 말이 있었다.

'아이카를 위해서라도 그 애의 연인이 되어줬으면 좋겠어.'

마츠다 씨가 얼마 전에 내게 그런 부탁을 했다.

마츠다 씨는 아르바이트 고용주이기도 하고 여러모로 신세를 지고 있지만, 그래요, 저도 괜찮다면———이라고 대답할 만한 내용이 아니다.

히메지는 이 사실을 알고 있을까.

이미 들은 뒤에 마츠다 씨에게 그러겠다고 한 걸까.

히메지가 내게 직접 부탁했다면 백 보 양보해서 납득할 수도 있었겠지. 뭐, 성격상 절대로 그러진 않겠지만.

만났을 때 직접 물어보려고 했는데 히메지가 바빠서 좀처럼 그럴 수가 없다.

마츠다 씨의 이야기에 따르면 연애를 경험하면 앞으로 연기의 폭이 넓어지거나 능력을 끌어낼 수 있다고 한다.

대놓고 타산적인 이야기다. 좋아한다거나 하는 감정이 끼어들 여지는 전혀 없다.

하지만 어쩌면 내가 너무 지나치게 생각하고 있는 것뿐일지도 모르겠다.

마츠다 씨의 부탁을 받아들인다고 가정하고, 처음에는 그럴 생각이 아니었지만 관계를 깊게 맺다가 좋아하게 된다면 그것도 괜찮은 걸까.

그런 관계나 '좋아하는 마음'은 있을 법하다.

결과적으로 좋아하게 된다는 전제가 있긴 하지만.

하지만 마츠다 씨는 히메지를 위해서라고 했는데, 사실은 자신을 위해서 한 말이 아닐까.

② 토리고에의 사정

내가 들고 있는 장바구니에 토리고에가 과자를 넣었다.

"이제 주스."

"작은 거면 되겠지?"

"응."

촬영이 끝난 오후.

우리는 학교에서 가장 가까운 슈퍼에서 다음에 쓸 소도구이기도 한 과자와 주스를 사고 있었다.

다 사고 나면 이걸 학교까지 가지고 간다. 주스는 교무실 냉장고에 잠깐 넣어두게 해달라고 미리 말해두었다.

냉장식품 코너 근처에는 세일 중인 탄산음료와 물, 차 같은 것이 잔뜩 있었다.

이 근처는 냉기가 감돌기 때문에 시원해서 이런 계절에는 계속 머물러 있고 싶어진다.

"적당히 사도 돼?"

페트병을 든 토리고에가 그렇게 물었기에 나는 고개를 끄덕였다.

촬영이 끝난 뒤에는 그냥 마시게 될 물건이니까.

촬영은 전체 장면 중 3분의 2를 소화하고 드디어 마무리에 접어든 참이었다.

배경이나 엑스트라 역할을 맡은 반 친구들도 촬영에 익숙해져서 초반에 보이던 이상한 긴장감도 거의 드러내지 않게 되었다.

"아———! 타카모리 군, 이쪽———."

"어?"

"얼른."

"뭐? 왜."

토리고에가 내 옷소매를 꾸욱 잡고 끌어당겼다.

영문을 알 수가 없어서 제자리에 선 채 고개를 갸웃거리고 있자니 안경을 쓴 중년 여자가 성큼성큼 이쪽으로 다가왔다.

그 사람은 눈살을 찌푸리며 이쪽을 힐끔 보고는 내 뒤에 있던 토리고에에게 시선을 보냈다.

"시즈카. 뭐 하고 있니? 이런 곳에서."

"뭐냐니…………, 물건 좀, 사고 있는데."

안경 쓴 사람의 눈가가 왠지 토리고에를 닮았다.

마찬가지로 슈퍼 장바구니를 들고 있는 걸 보니 장을 보러 온 토리고에의 어머니인가?

"이상한 짓 하고 다니지 말고, 저녁은 집에 와서 먹어야 한다."

"나도 안다니까."

대화 내용으로 보아 내 예상이 거의 들어맞은 듯했다.

오후에 슈퍼에서 과자랑 주스를 사고 있었을 뿐인데 그렇게 트집을 잡을 필요는 없지 않나.

그리고 이유는 모르겠지만, 토리고에의 어머니가 나를 보는 눈이 뭔가 해충이나 모기를 보는 듯했단 말이지…….

"가, 가자. 타카모리 군."

"어, 그래, 응."

토리고에가 옷소매를 세게 잡아당겼기에 나는 어머니로 보이는 여자에게 살짝 고개를 숙여서 인사한 다음, 토리고에를 따라서 걸어갔다.

"방금 그분, 어머니야?"

"응. 평소에는 이 근처 슈퍼에 안 오니까 방심했어."

가장 가까운 슈퍼는 아니지만, 세일 품목에 따라서는 오기도 하는 모양이었다.

"토리고에네 집은 엄해?"

촬영에 대해 어떻게 말했는지는 모르겠지만, 학교에서 돌아오는 길에 군것질이라도 하려는 줄 알았던 걸까.

만약에 그렇다면 고등학생의 군것질 정도는 허락해줬으면 좋겠다.

"굳이 말하자면 엄한 편일지도 몰라……, 통금 시간 같은 걸로 잔소리를 하니까."

그에 비해 우리 집은 프리하다.

너무 늦지 말라는 정도로 느슨한 제약이 있을 뿐, 연락만 제대로 하면 어디서 뭘 하든 어머니가 간섭하지는 않는다.

일 때문에 집을 비우는 경우가 잦기 때문일 것이다.

연락을 하지 않으면 어머니보다 오히려 마나가 더 잔소리를 많이 할 정도다.

토리고에네 어머니가 좀 전에 있던 곳에서 떠난 걸 확인한 다음, 우리는 돌아가서 페트병 주스를 하나 장바구니에 넣었다.

"……영화 각본이 마무리되었을 때 내가 밤늦게 쳐들어갔던 적이 있었잖아?"

"아, 응. 그때 말이구나."

"실은, 그거 엄마에게 들켰거든."

"진짜? 그럼 새벽에 돌아갔던 것도……?"

"응. 알아."

들켜버렸나.

토리고에네 어머니가 어째서 좀 전에 벌레를 보는 듯한 눈초리로 나를 봤는지, 왠지 이해가 되었다.

"학교 축제 때 상영할 영화 회의였다고 나중에 제대로 설명했는데, 그럼 왜 처음에 말하지 않았냐고 엄청 혼났거든. 미리 말했어도 그 시간에는 허락 안 해줬을 거면서."

"설마……, 이상한 남자랑 다니면서부터 우리 시즈카가 불량스러워졌다……, 그렇게 생각하시는 건가?"

"아마도. 소리 내어 말하진 않지만, 그렇게 의심하는 것 같아."

밤에 아무런 말도 없이 집을 나선 다음에 새벽 한두 시쯤에 몰래 돌아온다———.

집에서는 어떤지 모르겠지만, 토리고에의 캐릭터를 생각해보면 지금까지는 있을 수 없는 일이었을 것이다.

"안 좋은 길로 토리고에를 끌어들여 버린 것 같아서 미안하네."

"아니야. 신경 쓰지 마. 엄마가 약간 신경질적인 구석이 있어서."

예산이라고 적혀 있는 갈색 봉투 안에서 돈을 꺼내 계산을 마친 다음, 산 과자와 주스를 비닐 봉투에 담아서 슈퍼를 나섰다.

우리는 살을 찌르는 듯한 자외선 때문에 고생하며 나란히 학교까지 걸어갔다.

"내가 한번 제대로 사과하는 게 낫지 않을까?"

"그럴 필요 없어."

"시즈카 양은 정말 성실한데……, 하면서."

"가정 방문이야?"

토리고에는 살짝 쿡쿡대며 웃었다.

"뭐, 농담은 제쳐두고. 어머니는 토리고에가 이상한 짓을 했다고 생각하시는 거잖아?"

여름방학 전. 남몰래 외출. 시간은 밤. 남자의 낌새. 새벽에 몰래 귀가.

이상한 짓을 하고 있다고 추측하더라도 어쩔 수 없을 것 같다.

"제대로 사과한 다음에 나랑도 아무 관계가 아니라는 걸 설명하는 건――."

"……아무 관계도 아니진, 않잖아."

토리고에는 나를 슬쩍 올려다보았다.

"어? 아니, 그야 관계가 전혀 없진 않지. 그, 지금 내가 하고 싶은 말이 뭐냐면."

쿡쿡, 토리고에가 숨소리를 내며 웃었다.

"미안. 놀린 거야."

"너 말이야……."

"무슨 말을 하고 싶은 건지는 나도 알아. 섹스를 하는 관계가 아니라는 뜻이지?"

"여자한테 정면에서 듣는 건 뭔가 좀 그래……."

남자들도 그렇게 자주 소리 내어 말하진 않는다고. 섹스라는 단어.

"아무튼, 성실하고 착한 애인 토리고에가 나처럼 나쁜 남자에게 홀랑 넘어가서 망측한 짓을 하다가 새벽에 몰래 집에 온 거 아니냐는 의심을 사고 있는 거잖아."

"오해니까 내버려 둬도 돼. 엄마는 나를 너무 걱정해. 취미도 그렇고, 친구가 없다는 것도 걱정하는 모양이고……, 왠지 과보호한다고 해야 하나."

취미……?

"설마, B, BL을 들킨 거야……?"

"그건 들키지 않았어."

그녀가 딱 잘라 부정했다.

"비슷하긴 하지. 책만 읽는다는 게 말이야, 엄마가 보기에는 평범한 게 아닌 모양이라."

예전부터 방에 틀어박혀서 책만 읽기에 걱정하고 있던 딸(친구도 별로 없음)이, 고2 여름방학 직전에 밤놀이(추정)를 시작했다. 더더욱 걱정이 될 만도 하겠네.

"진짜 제대로 말해두는 게 낫지 않을까? 집에서도 어머니가 다그치지 않아?"

전과가 있으니 더더욱 경계할 테고, 잔소리도 할 것이다.

"타카모리 군하고 상관이 있나?"

"있지. 내가 막차 시간을 전혀 신경 쓰지 않았잖아."

"그건 내 실수이기도 해."

나는 토리고에게 개인적으로 찍고 싶은 영화에 출연해달라고 부탁했다.

아직 승낙을 받진 못했지만, 나중에 통금 시간이 엄격해지면 양쪽 촬영에 지장이 생길지도 모른다.

그리고, 그보다도…….

"성실하고 노력파인 토리고에가 오해를 사는 상황이 탐탁지 않다고 해야 하나."

토리고에가 눈을 내리깔았다.

"고……, 고마워. ……이야기가 나온 김에 말하자면, 바다에 갔을 때도 혼났지요오. 늦게 왔다고."

역에서 헤어진 게 밤 8시 정도였던가?

"늦게 갈 거라고 미리 말해두지……, 먼 바다로 가는 거니까."

"미리 말하면 이런저런 조건을 내걸면서 결과적으로 못 가게 할 것 같아서. 그게 싫었어."

막차 시간을 생각 못한 건 나다. 제안한 건 후시미와 토리고에였지만, 최종적으로 먼 바다에서 촬영하자고 결정한 것도 나다.

그러니 솔직히 책임을 전혀 못 느끼는 건 아니다. 하지만 또 연락을 게을리한 건 토리고에 본인이니까…….

나는 생각하다가 토리고에게 약속을 제안했다.

"토리고에, 한 가지만 약속해줬으면 좋겠어."

"무슨 약속?"

"앞으로는 귀찮아하지 말고 부모님에게 제대로 설명할 것."

내가 진지한 표정으로 말하는 게 웃겼는지, 토리고에가 미소를 드리웠다.

"왠지 별로 성실하지 않은 타카모리 군이 그렇게 말하니 설득력이 없는데."

"그거 미안하네."

"응……, 알겠어. 걱정해줘서 고마워. 앞으로는 제대로 할게."

안 좋은 길로 끌어들이려는 건 아니지만, 내가 어떤 사람인지 모르는 부모님이 보기에는 불안해지는 게 당연한 건지도 모르겠다.

그래도 앞으로는 늦은 밤까지 촬영을 하거나 놀 일은 없을 테니 괜찮겠지.

"여름 축제, 다 같이 가야 되니까."

아, 그랬지.

제대로 안 해두면 토리고에에게 초등학생 같은 통금 시간이 걸릴지도 모른다.

학교로 돌아온 우리는 교무실의 냉장고를 빌려서 사 온 음료수를 넣었다. 과자는 사물함에 넣어두었다. 곧바로 학교를 나선 뒤 역으로 걸어갔다.

"학교 축제 영화 말고 내 개인 영화 말인데. 정말 토리고에밖에 없어. 주역에 딱 어울리는 사람이."

다시 그렇게 부탁하자 저번과는 태도가 약간 달랐다.

"으음. 어쩌지."

저번에는 바로 딱 잘라서 거절했는데.

"부탁드립니다. 출연해주세요."

내가 고개를 크게 숙이자 토리고에는 으음, 하고 망설이며 끙 끙댔다.

"내용을 좀 더 채워보는 게 나을지도 모르겠어. 그러면 이미지 가 달라져서 나와 맞지 않게 될지도 모르니까."

"일리 있네."

너무나도 맞는 말이다. 나조차 내용을 어렴풋이 생각하고 있을 뿐, 아직 각본 같은 것도 전혀 없다.

"저, 저기……, 혹시 괜찮다면 다음에 집에서 회의할래?"

옆에서 걷던 토리고에가 이쪽을 힐끔 보았다.

그녀는 눈이 마주치자 재빨리 시선을 피했다.

"어? 집이라니."

"우, 우리 집."

◆토리고에 시즈카◆

타카모리 군하고는 역에서 헤어졌다.

"초, 초대해버렸어……."

여름 기운이 나를 개방적으로 만든 걸까.

아니면 열기 때문에 머릿속 나사가 느슨해져 버린 걸까.

전철을 탄 타카모리 군이 창밖으로 보이는 내게 살짝 손을 들 었다. 나를 신경 써준다. 가벼운 반응을 보여준다. 그것만으로도 가슴이 살짝 삐걱댔다.

내가 한 말과 타카모리 군의 반응을 떠올리자 그제야 무릎이 살짝 떨리기 시작했다.

개인 영화에 대해 의논하자는 명분으로 집에 부르다니, 애완동물을 미끼 삼아 이성을 끌어들이려 하는 엉큼한 사람 같다.

……흑심이 없다고 하면 거짓말이겠지만…….

나는 그런 사람이 되지 않을 거라 생각했었는데.

"으으으……, 어째서 그런 짓을."

약간 자기혐오가 들었다.

나는 역 건물 안에 있는 벤치에 앉아 머리를 감싸 쥐었다.

타카모리 군은.

'아, 항상 우리 집에서 회의하니까 미안한 거야? ……그럼 뭐, 실례할게.'

그렇게 미묘하게 엇나간 해석을 하면서 초대를 받아주었다.

항상 타카모리 군네 집에 찾아가는 게 마음에 조금 걸리긴 했으니 완전히 엇나간 말은 아니다.

그래서 타카모리 군의 해석을 정정하지 않고 애매하게 말을 흐리며 약속을 잡았다.

우리 집에서 해도 딱히 상관없지 않아? 하고 거절할 줄 알았는데 받아들이다니, 너무나도 뜻밖이다.

휴대폰을 들고 '시노' 아이콘을 터치했다.

시노, 친한 친구인 시노하라 미나미의 연락처다.

나는 화면에 뜬 통화 버튼을 눌렀다.

『여보세요~? 시이, 무슨 일이야?』

"미미, 미이!"

『응? 뭐야, 왜 그래? 진정하라고.』

내 목소리를 듣고 이상하다는 걸 느낀 미이는 워워, 하며 나를 말렸다.

"조, 좀 전에 말인데———."

나는 타카모리 군과 나누었던 이야기를 처음부터 끝까지 미이에게 말했다.

『……드, 드디어 시이가 어른의 계단을 오르는구나…….』

"그, 그런 게 아니라. 그런 게 아니라. 그런 게 아니라니까."

똑같은 말을 세 번 반복하며 확실하게 부정했다.

『그래? 흑심이 없으면 집에 부르진 않을 것 같은데.』

"으으으……………, 네……."

『꺄악~! 꺄악~!』

미이가 귓가에서 앙칼진 비명을 질러댔다.

나는 지금 역 안에서 무슨 이야기를 하고 있는 걸까.

얼굴이 뜨겁다.

『어어어어어어어, 어, 어, 어떻게 할 건데?』

이번에는 미이가 당황하기 시작했다.

"그, 그걸 물어보려고. 미이는 타카모리 군하고 사귄 적이 있긴 했잖아. 자기 방으로 데리고 간 적 있어?"

『이, 있지. 저기……, 제대로 연인 했다고.』

연인 했다고———? 그게 무슨 뜻이지? 연인들이 할 만한 행동을 했다는 뜻인가?

"뭐 했는데."

『상상에 맡길게.』

……아, 보아하니 특별한 행동은 아무것도 안 했네.

어흠 하는 헛기침과 함께 미이가 이야기를 다시 시작했다.

『타카료가 집에 와서 방으로 들어옵니다. 단둘이 있는 밀실입니다. ───장소는 말 그대로 홈. 남은 건 짐승이 되는 거 아냐?』

"그, 그것밖에 없어?! 다, 다른 선택지는…….."

『없어.』

미이가 딱 잘라 그렇게 말했다.

『어차피 언젠가는 각오를 다져야만 할 거야. 타카료는 좀 그……, 뭐라고 해야 하나, 연애 감각이 초등학생 이하니까.』

동감이야. 동의할 수밖에 없다.

『공격밖에 없어. 시이, 너는 '향차(香車)'야.』

"향차?"

『쇼기 말. 평소에는 앞으로만 나아갈 수 있는 말이지.』

"……전진밖에 없다라."

『그래. 옆으로 빠지는 것도, 후퇴도 용납되지 않아.』

옆으로 빠지는 것도, 후퇴도 용납되지 않는다…….

머릿속으로 그 말을 되새겨보았다.

한 번 확실하게 차인 내게는 딱 맞을지도 모르겠다.

"어떻게 하면 될까?"

『시이, 인터넷으로 검색하면 최대공약수 같은 답이 널려 있을 테니까, 그걸 참고하는 게 나을지도 몰라.』

친한 친구가 벌써 백기를 들었다.

역시 미이는 타카모리 군을 방에 데리고 간 적이 있긴 하지만, 아마 거기서 끝났던 것 같다. 어쩌면 방에 데리고 간 적조차 아예 없을지도 모르겠다.

"그래. 한번 검색해볼게."

『순서 같은 건 상관없어! 그걸 가슴속에 새겨둬!』

으음, 설득력이 없네에.

『나도 후시미 양하고는 사이좋게 지내고 있긴 하지만, 둘 중 한 명만 행복해질 수 있다면 시이를 선택할 거야.』

"미이, 고마워. 나, 나, 열심히 해볼게."

『응. 집 데이트, 열심히 해. 그럼.』

그렇게 친한 친구와 의논을 마쳤다.

집, 데이트……. 그, 그렇구나. 그렇게 되는구나.

"집 데이트……."

소리 내어 말해보니 그냥 듣기만 했을 때보다 몇 배는 쑥스러웠다.

나는 벤치에 앉은 채 미이의 조언에 따라 인터넷으로 검색을 해보았다.

[남자, 처음, 방에 온다]

인터넷 뉴스 정리 사이트 같은 게 뜨고 마치 매뉴얼 같은 정보 뉴스가 눈에 들어왔다.

방을 정리합시다, 청결하게 해둡시다, 그렇게 당연한 것부터 시작해서 복장이나 분위기를 잡는 법 같은 게 적혀 있었다.

"분위기 잡기……, 모, 못 할 것 같은데."

그 전에 복장부터.

나들이처럼 잘 차려입을 필요는 없지만, 집에서 입어도 이상하지 않을 정도로는 차려입으라고 적혀 있었다.

"너무 추상적인 거 아냐?"

공격에 나설 거라면 귀여운 느낌의 실내복도 오케이라고 적혀 있다.

그 상품과 홈쇼핑 사이트가 첨부되어 있었다.

토끼를 본떠 만든 듯한 푹신푹신한 파카와 반바지였다. 후드에는 귀가 달려 있었다.

"우와. 야, 약삭빠르네……."

내가 입은 모습을 상상하니 현기증이 났다.

"히이나는 그냥 어울릴 것 같네."

머릿속으로 히이나를 상상하기만 해도 엄청나게 귀여웠다.

아, 안 되겠다. 의욕이 안 생겨.

다시 머리를 감싸 쥐고 있자니 메시지가 왔다. 타카모리 군이다.

『내일은 촬영도 쉬니까 시간이 있는데, 어때?』

"내일?!"

나도 모르게 목소리가 나와버렸다.

말을 꺼낸 건 나지만, 마음의 준비가 전혀 되지 않았다.

하지만 내일은 힘들 것 같다고 하면 다음은 언제 기회가 올까.

타카모리 군의 마음이 바뀌지는 않을까?

나조차도 오늘 있었던 일을 흐지부지 없었던 걸로 해버리지 않을까?

"나는 향차……, 나는 향차……, 옆으로 빠지는 것도, 후퇴도 용납되지 않는다……."

그렇게 중얼거리면서 답장을 입력하고 각오가 흔들리기 전에 보냈다.

『그래. 오전쯤부터 시작하자. 점심은 우리 집에서 먹고 가도 되니까.』

이, 이건 꽤 강하게 공격한 거 아닐까! 이건 향차다. 틀림없는 향차.

향차처럼 움직인 내가 두근거리고 있자니 곧바로 폰이 울렸다. 타카모리 군의 답장이 온 것이다.

『알겠어. 집에서 출발할 때 다시 연락할게.』

내일, 타카모리 군이 집에 온다———.

나는 지갑 안을 확인했다.

"이, 일단, 옷 같은 걸 사러 가야지……."

③ 가출

촬영을 쉬는 오늘.

햇볕이 쨍쨍 내리쬐는 와중에 나는 토리고에네 집에 와 있었다.

저번에는 새벽이라 알아보기 힘들었는데, 토리고에네 집은 약간 낡은 단독주택이라 한 가족이 오래 살아왔다는 느낌이었다.

후시미나 히메지마 말고 다른 여자애 집은 거의 처음 와본 것 같다.

토리고에는 점심도 먹고 가도 된다고 했는데, 내 기억으로는 소꿉친구네 집이 아닌 곳에서 식사를 해본 적도 이번이 처음이다.

선물로 물양갱을 가지고 왔는데, 괜찮으려나.

여러 번 오간 사이였다면 선물 같은 것도 필요 없었겠지만, 어머니가 나를 대하던 태도를 고려하면 역시 뭔가 가지고 오는 게 낫겠다고 판단했다.

종이봉투에 든 물양갱.

준비했을 때는 완벽하다는 느낌이었는데, 지금 안을 들여다보니 왠지 미덥지 못하다는 생각이 들었다.

"긴장되네……."

각오를 다지고 초인종을 누르자 후다닥, 문 너머에서 발소리가 들렸다.

철컥, 문이 열리고 어린 여자애가 고개를 내밀었다.

"저, 저기, 그러니까."

존댓말? 존댓말을 써야, 하나? 어린애니까 딱히 상관없나? 아니, 토리고에는?

본인이 나올 줄 알았기에 무슨 말을 해야 할지 전혀 준비를 해두지 않았다.

"토리고……, 시즈카 양, 은…….”

"시즈카, 지금, 저쪽."

여자애가 그렇게 말하며 집안을 손가락으로 가리켰다.

"앗, 왜?! 쿠우, 잠깐만! 왜 멋대로 나간 거야!"

토리고에의 목소리가 들렸기에 나는 가슴을 쓸어내렸다.

마찬가지로 후다닥 하는 발소리가 들리더니 그제야 본인이 고개를 내밀었다.

"어, 어서 와, 타카모리 군."

급하게 나와서 그런지 약간 흐트러진 앞머리를 손으로 재빨리 다듬고 있었다.

"왠지 타이밍이 안 좋았던 모양이네."

토리고에의 허벅지에 달라붙은 어린 여자애를 보고 나는 쓴웃음을 지었다.

토리고에가 입고 있는 옷, 뭔가 실내복이 아닌 것 같은데……?

참고로 우리 여동생님은 쇼트 팬츠 앞에 베리가 붙을 정도로, 고관절이 보일 만큼 다리가 다 드러난 걸 입곤 한다.

하지만 토리고에는 분홍색 계열의 플레어 스커트에 감색 민소매 블라우스를 입고 있었다.

"여동생이 멋대로 나가버렸거든. 놀라게 해서 미안해."

"아니야. 신경 안 써."

내가 고개를 젓자 여동생이 토리고에를 올려다보았다.

"시즈카, 오늘 어디 가?"

"안 가."

"바깥에 나가는, 옷, 입었어."

"⋯⋯⋯⋯아니야항상이렇게입잖아."

토리고에는 한 톤 낮아진 목소리로 빠르게 중얼거렸다.

"누구야, 이 사람."

"음, 언니 친구. 아, 인사는 제대로 했니?"

"했어."

이 꼬맹이, 아무렇지도 않게 거짓말을 하네?

그러고 보니 사남매라고 했었지.

내가 의아해하고 있자니 토리고에가 가르쳐 주었다.

이름은 쿠루미. 네 살. 제일 어린 여동생인 것 같았다.

그 쿠우가 동그란 눈으로 나를 빤히 바라보고 있었다.

어떤 반응을 보여야 할지 몰라서 미소를 짓자 쿠루미는 재빨리 돌아서서 복도로 타박타박 뛰어가 버렸다.

"아, 들어와. 낡은 집이긴 하지만."

"응."

손님용으로 마련해둔 슬리퍼를 빌려서 신고, 토리고에의 안내에 따라 계단을 올라갔다.

"토리고에, 오늘 어디 갈 예정이라도 있어?"

"어? 왜?"

"외출할 때 입는 옷 아니야? 그거."

"……아니야. 실내복이야."

왜 말투가 무뚝뚝한데.

"가족들은 점심 때까지 쿠우……, 쿠루미하고 1층에 있는 할아버지밖에 없으니까 너무 신경 안 써도 돼."

"그렇구나."

지금 안 계시다면 나도 마음이 편해서 좋긴 하다.

"저기. 우리 집, 오래된 집이라 더울지도 몰라."

"아니, 아니, 전혀 그렇지 않아. 우리 집이랑 별 차이 없어."

"그럼 다행이고."

계단을 올라가는 토리고에의 하얀 다리가 힐끗힐끗 보였다.

언젠가 데구치가 말한 것처럼 날씬하긴 하다. 집순이라 그런지 그을리지 않은 피부도 하얗다.

더 이상 눈을 들면 허리 약간 아래쪽이 보일 것 같았기에 나는 내 발치만 보며 계단을 올라갔다.

"어머니는 어떠셨어?"

사실 여기엔 놀러 온 게 아니고, 주목적은 토리고에네 어머니와 만나서 이야기를 하는 것이었다.

토리고에는 괜찮다고 했지만 그래도 역시 인사는 해두는 게 나을 것 같아서였다.

"친구가 온다고 했더니 기뻐하던데."

"오오."

하지만 저번에 보인 반응을 생각해보면, 과연 내가 온다는 걸 알면서도 기뻐했을까?

혹시, 토리고에……, 누가 오는 건지는 제대로 말을 안 한 거 아닌가……?

2층 제일 안쪽 방이 토리고에의 방인 것 같았다. 안으로 안내를 받았다.

3평 정도 되는 간소한 다다미 방. 침대와 큼직한 책장, 공부용 책상과 의자 정도밖에 없어서 정말 '그녀다운' 방이었다.

다다미 방인 게 왠지 토리고에다운 느낌이었다.

복도와는 달리 에어컨이 틀어져 있어서 꽤 시원했다.

내가 오기 전부터 준비해준 모양이었다.

"너, 너무 빤히 보진 말고."

"야한 책은 안 찾을 테니까 안심해."

"없어, 그런 거."

타이밍을 재는 것도 힘들었기에 나는 종이봉투에 담긴 물양갱을 건넸다.

"이거, 저기, 그거야."

"뭔데? 어? 어떤 건데? 주는 거야……?"

"응. 처, 처음 인사드리는 기념……, 같은 거지."

"이, 이런 건 안 가져와도 괜찮은데."

분위기로 보아 기뻐하는 것 같긴 한데, 물양갱이라는 걸 알면 실망하지 않을까.

물양갱은 기뻐할 만한 물건일까……? 아~. 실수했다. 누구나 좋아할 만한 걸 가지고 올 걸 그랬어!

내 경험치가 부족하다는 걸 드러내 버렸다.

다른 사람 집에 찾아가는 게 익숙하지 않아서 선물을 가지고 왔는데, 좀 호들갑이었던 건 아닐까.

그렇게 생각하니까 '물양갱'이라는 선택이 왠지 부끄러워지는데…….

토리고에가 종이봉투 안을 힐끔 보며 확인하고 있었기에 나는 견디지 못하고 말했다.

"무, 물양갱, 이야. 들어있는 거."

"그렇구나. 수수한 멋이 있네."

……뭐, 반응은 그게 전부였다.

평소다운 반응을 보고 나는 마음속으로 가슴을 쓸어내렸다.

"적당히 앉아 있어. 나는 차를 가지고 올게―――, 아, 커피가 더 나으려나?"

나가려던 토리고에가 고개만 내밀고 물었다.

"차로 부탁합니다. 그리고 그건 어머니께 드렸으면 하는데."

"어? 왜 엄마한테?"

토리고에의 눈이 매우 차가웠다.

"아까 말했잖아. 인사드리는 기념이라고."

"아, 그래."

토리고에는 머쓱하게 말한 다음 사라졌다.

물양갱, 받아주면 좋겠는데.

적당히 앉아 있으라 했지만 침대는 껄끄럽고, 의자도 본인 전용인 것 같은 느낌이었다.

후시미나 히메지는 내 방에 오면 침대에 앉는데, 아무리 그래도 처음 와서 그런 짓을 할 순 없었기에 나는 다다미 위에 앉기로 했다.

"……."

마음이 어수선하네.

후시미나 히메지네 집에도 한동안 가지 않았으니 지금 어떤 느낌일지는 모르겠지만, 그 두 사람 방이라면 이렇게까지 안절부절못하진 않았을 거다.

맹장지문이 살짝 열리고, 그 틈새로 쿠우가 이쪽을 들여다보았다.

……내가 정말 신기한 생물로 보이는 거겠지.

손을 흔들어보자 쿠우도 손을 흔들어 주었다.

귀엽다.

"시즈카의, 친구."

"으, 응, 언니 친구야."

어린애를 다루는 건 마나가 정말 잘하는데.

친척들끼리 모였을 때, 어린 사촌들 상대는 항상 마나가 했기에 나는 그런 쪽으로 면역이 전혀 없다. 어떻게 해야 할지 전혀 모르겠다.

지금도 앵무새처럼 똑같은 대답만 하고 있다.

"아. 쿠우, 열어줘."

"응."

맹장지문이 열리자 토리고에가 보리차가 든 잔과 쿠키를 쟁반에 담아서 들고 왔다.

"오래 기다렸지. 의자나 침대에 앉아도 되는데."

"이쪽이 더 마음이 편하거든."

"특이하네."

빠안―――. 쿠우는 계속 나를 보고 있었다.

"닫을게."

토리고에가 그렇게 말하자 계단 쪽으로 가버렸다.

쟁반을 일단 내게 맡긴 토리고에는 벽장에서 자그마한 접이식 테이블을 꺼내 설치했다.

나는 그 위에 쟁반을 놓고 보리차를 한 모금 마셨다.

"……생각 있으면, 쿠키도 먹어봐."

그녀가 그렇게 말했기에 나는 하나를 집어서 먹었다.

버터 향기가 입속에 화악 퍼졌다. 바삭바삭한 식감과 딱 좋은 단맛이 혀 위에 남았다.

"아. 맛있네."

"다행이야."

토리고에가 미소를 지으며 살며시 손을 들었다.

"실은, 제가 만들었답니다."

"토리고에는 과자도 만들 수 있구나."

"뭐, 뭐, 뭐어, 저기, 그래. 응. 그래도 그렇게 어려운 건 아니니까……."

토리고에는 손을 저으며 대단한 게 아니라고 어필했다.

난이도는 상관없고, 그녀에게 요리를 한다는 이미지가 별로 없었기에 내게는 뜻밖이었다.

""…….""

와삭와삭, 쿠키를 먹는 나를 토리고에가 빤히 바라보았다.

……먹기 불편한데.

"앗. 맞다———."

토리고에가 뭔가 생각났다는 듯이 일어서서 벽장 문을 열었다.

높은 곳에 있는 무언가를 꺼내려고 손을 뻗었다.

가녀린 어깨와 얇은 두 팔. 다리도 하얗지만, 민소매라 드러난 팔도 하얗다.

갑자기 겨드랑이가 슬쩍 보였다.

왠지 보면 안 되는 걸 본 것 같은 기분이 들어서 나는 급하게 눈을 돌렸다.

내 앞에 다시 앉은 토리고에는 소설을 들고 있었다.

"이거, 저번에 말했던 거야. 이게 원작인 영화도 있어."

"아~. 그거구나. 서스펜스 계열."

"이것 말고도 몇 권 더 있는데———. 이 작가는 미스터리 계열이나 청춘 계열도 쓰는 사람이라———."

다시 일어선 토리고에는 다른 책장 앞에서 소설을 찾기 시작했다.

책장에 어떤 작품이 있는지 신경 쓰였기에 나도 그녀 옆에 나란히 섰다.

모르는 제목이 대부분에 문학 계열 작품뿐이었다.

대놓고 BL을 놔둘 리는 없으니까.

툭, 어깨가 닿았다.

"앗. 미안……."

"아니야. 나야말로 미안해."

바로 앞에서 눈이 마주쳤다.

빤히 바라보지 않아서 몰랐었는데, 연하게 화장을 했다는 걸 알게 됐다.

토리고에가 눈을 깜빡이자 긴 속눈썹이 위아래로 움직였다.

"타, 타카모리 군……?"

"아, 미안. 너무 가까웠지."

한 발짝 물러나려 하자 그녀가 살며시 내 팔을 잡았다.

"저기……!"

"응……?"

좀 기다렸지만 그녀는 좀처럼 이야기를 꺼내지 않았다.

진지한 표정으로 굳은 얼굴. 그녀의 볼이 점점 붉게 물들었다.

"쿠키, 아직 더 있으니까 많이 먹어."

"고마워. 그럼 잘 먹을게."

"응."

토리고에가 손을 놓았기에 나는 테이블 앞으로 돌아왔다.

살짝 한숨을 쉬는 소리가 들렸다.

"소설은 문장을 읽고 장면을 자기가 상상하잖아? 그러니까 영화를 만들려고 한다면 뭔가 참고가 될 것 같기도 해서."

늘어놓은 소설로 테이블이 꽉 찼다.

토리고에는 신이 나서 이것저것 소개해주었지만, 양이 너무 많아서 듣다 보니 앞서 말한 작품의 설명도 잊어버리는 상황이었다.

"토리고에, 잠깐만."

"응?"

"한 권만 추천해줘. 다 읽으면 다음 걸 빌릴 테니까."

"아, 그렇구나. 미안, 갑자기 너무 들떠버려서……."

토리고에는 알아보기 쉽게 풀 죽어 있었다.

"아냐, 아냐, 괜찮아, 괜찮아. 신경 쓰지 마. 그냥, 나는 읽는 속도가 빠르지도 않고, 한 권씩 제대로 읽고 싶은 거야."

"그럼, 우선 이거."

그녀는 제일 먼저 소개해준 소설 한 권을 내밀었다.

하드커버인데다 엄청나게 두껍다. 내가 좌절하지 않고 제대로 읽을 수 있을까. 걱정이 앞서네.

제목 마지막에 '상'이라고 적혀 있었다. 이 한 권으로 이야기가 끝나지 않는 모양이었다.

"조금 길긴 하지만, 정말 좋은 작품이니까!"

잔뜩 흥분하며 설명해주는 토리고에.

잠깐만……?

책장을 보니 중권과 하권도 두께가 비슷했다.

그래, 이렇게 추천해주는 걸 보니 정말 괜찮은 작품인 거겠지.

나는 각오를 다지고 두꺼운 세 권을 읽기로 했다.

"후시미도 연기 공부를 계기로 독서를 하게 되었다고 했었지."

"히이나가?"

"응."

나는 그렇게 말하며 고개를 끄덕였다.

"토리고에는 어떻게 책을 읽게 된 거야? 뭔가 계기가 있었어?"

단순한 흥미로 묻자, 토리고에는 생각에 잠긴 듯이 뜸을 들이다가 무릎을 끌어안았다.

"나, 초등학교 때부터 학교에서는 어두운 애라서, 약간 괴롭힘당한 적도 있었고……."

갑자기 분위기가 진지해졌다.

몸을 웅크리고 앉아서 치마 안이 보일 것 같았기에 나는 몸을 돌린 다음, 침대 프레임에 등을 기댔다.

"쉬는 시간에도 뭘 해야 할지 몰라서. 그런 와중에 마침 독후감을 쓰기 위해서 읽었던 아동 서적이 재미있길래 다른 책을 도서실에서 빌려서 읽은 게 계기였어."

나도 그녀와 크게 다르지 않았다.

그녀에겐 주위 상황을 잊을 수 있는 수단이 우연히 독서였던 것이다.

"나나 후시미하고 그 시절에 알고 지냈다면 책은 안 읽었을지도 모르겠네."

"그럴지도 모르지."

그랬다면 아마 후시미가 먼저 토리고에에게 말을 걸지 않았을까?

그리고 소꿉친구들 곁으로 토리고에를 데리고 오는 거다.

"영화에 대해 회의하자고 해놓고 무슨 이야기를 하는 걸까."

토리고에가 곤란하다는 듯이 웃었다.

"아니, 진짜 그러네. 소설 설명회인가 싶더니 갑자기."

내가 농담처럼 그렇게 말하자 화가 난 듯한 토리고에가 보란 듯이 인상을 찌푸렸다.

"그렇게 생각했으면 미리 말하지."

"엄청 즐거워 보이길래."

"…………응. 맞아. 즐거워."

겨우 알아들을 수 있을 정도로 작은 목소리로 중얼거린 토리고에는 무릎에 얼굴을 파묻었다.

에어컨이 위이잉, 조용한 소리를 냈다.

나는 이야기를 다시 시작하기 위해 개인 영화에 대해 메모한 고전 노트를 끄집어냈다.

"학교 축제 때 상영할 것보다는 분량이 짧은 쇼트 무비 같은 걸 생각하고 있는데."

토리고에가 생각났다는 듯이 고개를 들었다.

"그러고 보니까, 그거, 어딘가에 응모 같은 것도 할 거야?"

"어? 응모?"

"그래. 고등학생 영화 콩쿠르 같은 거."

응모……? 상 같은 거 말이지?

그런 생각은 전혀 해본 적이 없었기에 멍하니 있기만 했다.

"모처럼 찍는 거니까 그런 거에 도전해보는 게 의욕도 생길까 싶어서."

"토리고에……, 넌 항상 일리 있는 말을 하는구나."

"딱히 대단한 말은 아니었는데."

신경 쓰여서 근처에 놓인 휴대폰으로 검색해보니 의외로 있었다.

신문사에서 주최하는 대규모 콩쿠르나 영화감독의 이름을 내건 콩쿠르, 고등학생 한정으로 진행되는 대회까지. 콩쿠르, 컴피티션, 콘테스트라는 이름이 붙은 게 이것저것 있었다.

"응모 마감이 8월 말이긴 한데, 이건 어떨까?"

나처럼 검색하고 있던 토리고에가 화면을 보여주었다.

『SHIN‑OH 시네마즈 학생 영화 컴피티션』

신오 시네마즈라는 대규모 영화관이 주최하는 콩쿠르 중 하나였다.

살펴보니 응모 부문이 몇 가지 있었고, 내가 찍으려고 하는 영화는 '쇼트 필름 부문'이라는 것에 해당될 것 같았다.

"작품은 20분 이내. 실사. 테마는 자유———, 이거 아니야?"

"뭐, 상 같은 건 못 받겠지만 말이지."

"그렇게 기대감을 조절하려 할 필요는 없어. 당연히 탈락하는 거니까."

"핵심을 찌르는 코멘트는 하지 말라고."

맞는 말이니까.

"아무튼. 정리해보자. 완성이 되어야 응모도 하지."

"뭐, 그렇긴 하지."

콩쿠르가 어쩌고저쩌고보다는, 우선 그게 먼저다.

전에 몇 번 했던 것처럼 내가 토리고에에게 설명하고, 그녀가 신경 쓰이는 부분을 질문했다.

조금씩이나마 내가 만들려고 하는 것의 윤곽이 드러나기 시작했다.

"점심 식사, 준비할 테니까 기다려."

일단락된 참에 토리고에가 내게 화장실 위치를 가르쳐준 다음 일어서서 방을 나섰다.

상에 응모하는 건 생각도 못 해본 일이지만, 어느새 목표가 되었다.

생각하기만 해도 엉덩이 근처가 근질거리고 마음이 어수선했다.

후시미도 오디션에 참가했을 때 이런 기분이었을까.

화장실에 가려고 방을 나섰다. 1층에 있는 것 같아서 계단을 내려가 보니 이야기 소리가 들렸다.

"올 거면 온다고 미리 말하지."

토리고에의 목소리.

"친구라고 하던데, 아니지?"

토리고에의 어머니 목소리도 들렸다.

친구의 방문을 환영하는 것 같은 분위기는 전혀 아니었고, 목소리에는 가시가 돋쳐 있었다.

역시 토리고에는 나를 그냥 '친구'라고 둘러댔던 모양이다.

"그렇다면 어쩔 건데. 엄마하고 상관있어?"

"왜 그런 거짓말을 한 거야."

아무래도 원인은 나인 것 같았다. 이대로 내버려 두긴 토리고에에게도 미안하다.

간단하게 인사하고 토리고에가 통금 시간을 어긴 경위만큼은 설명해야겠다.

각오를 다지고 목소리가 들리는 쪽으로 향하려는데 휴대폰을 든 쿠우가 나를 올려다보고 있었다.

누구 거지? 어머니 휴대폰인가? 일단 카메라를 내 쪽으로 들이대진 말아줘.

심호흡을 한 번 한 다음, 목소리가 들리는 쪽으로 다가가서 문을 열었다.

그곳은 다이닝룸이었다. 테이블을 사이에 두고 토리고에와 어머니가 험악한 눈초리를 주고받고 있었다.

"———죄송합니다. 인사가 늦어서."

두 사람이 이쪽을 보자 나는 어머니 쪽을 향해 고개를 살짝 숙였다. 마침 테이블 위에는 그 물양갱이 있었다.

"시, 실례하고 있습니다. 타카모리라고 합니다. 저, 저기, 그거. 거기 있는 거, 호, 혹시 괜찮으시면 드세요……."

나는 말을 더듬으며 테이블 위에 놓인 종이봉투를 손가락으로 가리켰다.

"괜찮아, 타카모리 군. 신경 쓰지 않아도 돼. 괜찮으니까 올라가 있어."

내가 갑자기 나타나자 약간 초조해진 토리고에가 빠르게 말했다.

그래도 그럴 분위기가 아니잖아.

"그쪽이었네요. 시즈카를 멋대로 휘두르고."

"저번에는 정말 죄송했습니다."

"괘, 괜찮다니까. 사과 안 해도 돼. 내가 잘못한 거니까."

꾸욱꾸욱, 토리고에가 나를 잡아당기며 다이닝룸 밖으로 나가려 했다.

그래도, 설명은 마지막까지 해야지.

나는 확실히 의사 표시를 하기 위해 옷소매를 잡고 있던 토리고에의 손을 떼어놓았다.

"시즈카는 성실한 아이예요. 밤늦게까지 데리고 다니고……, 무슨 일이 생기면 어떻게 하실 건가요?"

"네……. 그건, 정말……, 드릴 말씀이 없습니다."

문득 사과하는 말은 참 술술 나온다는 걸 자각했다.

아마 마나가 나를 자주 다그쳐서 그런 것 같다. 고마워, 마나.

"――시즈카. 너도 마찬가지야. 친구라고 거짓말하고."

물양갱은 그냥 무시당했다.

"딱히 틀린 말은 안 했는데."

"혹시나 싶어서 그 타카모리 씨 아니냐고 물어봤잖니. 그런데 아니라고 했잖아."

"그건…….'

내가 온다는 말을 하기 힘드니까 살짝 거짓말을 한 모양이었다.

토리고에네 어머니 입장에선 이게 문제겠지.

토리고에가 거짓말을 살짝 할 때마다 불신감이 쌓이는 것이다.

"엄마는 시즈카에게 남자친구가 있다는 걸 혼내는 게 아니라—."

"나, 나, 나, 나, 남자⋯⋯, 남, 남자친구, 아니니까."

시즈카, 얼굴이 새빨간데.

"친구도 거의 없어서 걱정하던 참에 밤놀이라니⋯⋯. 당신 때문 아닌가요? 타카모리 씨."

밤놀이라니⋯⋯.

당신이 상상하는 그런 짓은 안 했다. 그렇게 말해도 들어주긴 하려나.

"일단, 시즈카 양이 뭘 했냐면 말이죠⋯⋯."

나는 혹시나 싶어서 처음부터 다 설명했다.

학교 축제 때 상영할 영화를 만들고 있다는 것. 토리고에가 그 영화의 각본을 맡았다는 것. 그 영화 회의를 밤늦게까지 해버렸다는 것, 등등.

어느새 진지한 분위기 속에서 쿠우가 휴대폰을 가지고 놀고 있었다.

"쿠루미. 엄마 휴대폰 가지고 놀지 마."

"네에~."

느긋한 목소리 덕분에 약간이나마 치유가 되었다.

"⋯⋯타카모리 씨. 당신에게 잘못이 없다는 건 알겠어요. 엄하게 대해서 미안해요."

"아뇨, 그건, 전혀."

살짝 고개를 숙인 토리고에네 어머니를 보고 나는 겨우 미소를 지으며 고개를 저었다.

"왜 방해하는 거야. 나는, 친구들하고 평범하게 놀고 그러고 싶었을 뿐인데! 오늘도 모처럼 타카모리 군이 와줬는데."

"방해라니———."

다시 충돌이 일어나려던 참에 토리고에는 어머니의 말로부터 도망치려는 듯 돌아서서 다이닝룸을 떠났다.

어떻게 해야 할지 모르겠지만, 토리고에의 눈에 눈물이 맺힌 것이 보였기에 나는 어머니에게 고개를 살짝 숙여서 인사를 한 다음 쫓아갔다.

"토리고에, 진정하라고."

나는 그녀의 뒷모습을 향해 말을 걸었다.

"나는 괜찮아. 평소대로야. 아임 오케이."

어디가 괜찮다는 거야? 평소에는 그런 말 안 쓰잖아.

토리고에는 울먹이고 있었다. 그녀가 손바닥으로 얼굴 근처를 닦아냈다는 걸 알 수 있었다.

방으로 돌아온 다음, 토리고에는 벽장 안에서 가방을 꺼내 옷과 속옷을 넣기 시작했다.

"야, 왜 그러는데."

"……."

그녀는 휴대폰과 지갑을 확인한 뒤 빵빵하게 부풀어 오른 가방을 들었다.

"설마, 토리고에……."

"나갈 거야. 내버려 둬."

토리고에는 그렇게 말하고 코를 훌쩍였다.

뭐가 괜찮다는 거냐고.

④ 가출 소녀 보호

"아. 시즈잖아~. 뭐야, 오빠야. 둘이서 놀았어?"

현관에서 맞이해준 마나가 곧바로 질문을 던졌다.

"놀고 있었긴 한데……. 가출 소녀를 주워 왔거든."

"뭐?"

마나가 눈을 동그랗게 뜨고는 깜빡거렸다.

토리고에네 집을 나설 때, 어머니는 짐 싸는 소리로 눈치챘겠지만 상황을 살펴보러 오지 않았다. 완전히 무시당했다.

갈 곳을 생각해두었나 싶었는데 토리고에는 아무런 대책도 없이 나온 상황이었다.

점심밥을 미처 먹지 못했기에 역 앞 우동 가게에서 식사를 마친 다음 그곳에서 이야기를 나눈 결과, 나는 사연이 있는 가출 소녀를 우리 집으로 데리고 오기로 한 것이다.

"자고 가게?! 그 짐은 자고 가려고 싸 온 거야?!"

왠지 마나는 기뻐하는 것 같았다.

무슨 생각으로 여기까지 따라온 건지 알 수 없었기에 나는 토리고에가 대답하기를 기다렸다.

"저기, 응. 자고 간다고 해야 하나……, 며칠 정도 신세를 지게 해주면 좋겠는데."

"아……, 그렇구나, 그렇구나. 사연이 있으신 모양인데? 아가씨."

애니메이션이나 만화에서 영향을 받은 건지 연기 같은 말투였다.

"응. 그런 거야."

"오케이~. 뭐, 마음 내킬 때까지 있다가 가."

이히히, 마나가 웃으며 안으로 안내했다.

굳이 내 방에 데려가지 않아도 되겠지. 그렇게 생각하며 거실로 가보니 에어컨을 틀어놓은 거실에서 마나가 드라마 재방송을 보며 빨래를 개고 있었다.

하는 행동이 완전히 전업주부다.

"……그래서, 토리고에. 어떻게 할 거야? 어머니에게 뭐라고 설명할 건데?"

"그건, 나중에 생각할래."

그녀답지 않다고 해야 하나, 내가 모르던 토리고에의 일면이었다.

"오빠야. 시즈를 다그치지 마. 시즈는 정처 없이 떠돌다가 오빠에게 기댄 거잖아?"

"아닌데."

"그렇다면 오빠야만은 시즈 편이 되어줘야지."

흥흥, 마나가 그런 소리를 내며 볼을 부풀렸다.

이미 그런 설정으로 나가고 싶은 모양이었다.

"마나마나, 나도 도울게."

"어~?! 그래도 돼?! 그럼, 이거 부탁할게."

난잡하게 쌓여 있던 산더미 같은 빨랫감을 마나가 아무렇지도 않게 토리고에에게 나누어 주었다.

빨래는 마나의 옷, 어머니의 옷, 내 옷으로 대충 나누어져 있었는데, 토리고에가 맡게 된 것은 내 빨래 더미였다.

"시즈, 그 안에는 오빠야의 팬티도 있어!"

"어?"

티셔츠를 개려던 토리고에의 손이 멈췄다.

나는 내 빨래 더미를 재빨리 끌어안았다.

"됐어! 내 건 안 해도 돼!"

"오빠야, 그렇게 부끄러워할 필요 없잖아~. 오빠야도 늘 내가 빨려고 내놓은 브래지어나 팬티를 빤히 보면서어."

감정이 사라진 토리고에의 무기질적인 시선이 이쪽으로 향했다.

"안 봤어! 토리고에, 안 봤다고."

이 녀석이 대체 무슨 소릴 하는 거야?

"시즈도 여기서 지내면, 그 세례를 받게 될 거야. 오빠야가 빨랫감을 빤히 바라본다는 세례."

"그런 세례는 없다고. ……그리고 빤히 보지도 않았어."

"제대로 된 것만 골라왔으니까 봐도 괜찮아."

손가락으로 V자를 그리는 토리고에. 무표정이라 무슨 생각을 하는 건지 전혀 알 수가 없다.

V는 무슨. 괜찮은 거냐고.

"그렇다네, 오빠야. 잘됐지?"

"아까부터 안 본다고 하잖아."

두 여자에게 계속 휘둘리던 나는 빨랫감을 떠안은 채 도망치듯이 거실을 나서서 2층에 있는 내 방으로 돌아왔다.

Illustrations copyright © Fly

에어컨을 켜고 빨랫감을 침대 위에 내려놓은 다음, 그 옆에 앉았다.

토리고에가 한동안 여기서 지낸다. 마나는 대환영했고, 어머니에게도 사정 이야기를 하면 허락해줄 것 같긴 하다.

"그래도, 어떻게 할 셈이야, 토리고에."

부모님께는 제대로 설명하겠다는 약속도 쉽사리 깨버렸다.

깼다기보다는 잊어버렸을 뿐일지도 모르겠지만.

토리고에네 어머니가 불신감을 품기 시작한 건 들키지 않으면 잔소리 들을 일도 없을 거라며 밤에 우리 집에 와서 영화 내용에 대해 이야기를 나누었던 그날인 모양이다.

결과적으로는 들켜서, 이것저것 잔소리를 듣게 된 게 발단인가.

평소에는 전혀 하지 않지만, 심심풀이로 빨래를 구깃구깃하게나마 겨우 개 나갔다.

마나가 개는 솜씨가 대단하구나, 새삼 그런 생각이 들었다.

어머니하고 겨우 제대로 이야기를 해봤을 때는 설명을 하니 이해해주는 사람이었다.

토리고에도 그렇게 하면 이런 마찰이 일어나지는 않았을 텐데.

어머니도 어머니대로 과보호고, 그리 대단한 거짓말이 아니긴 했지만 사실대로 말하지 않은 토리고에도 토리고에다.

빨래를 다 개고 나니 마나가 보낸 메시지가 와 있었다.

『시즈하고 저녁 식사 장 봐 올 거야~. 마마한테는 내가 말해둘게~?』

'그래', 나는 그렇게만 답장을 보냈다.

토리고에네 집 문제는 제쳐두고, 마나가 즐거워 보이는 게 다행이었다.

마나는 누가 와서 자고 가거나 다른 사람 집에 가서 자고 오는 걸 좋아하니까.

이번 여름방학에도 친구네 집에서 몇 번 밤을 새운 모양이었다.

혹시나 하는 생각에 나도 어머니에게 친구 한 명이 자고 갈 거라는 이야기를 해두었다.

이런 이야기는 나보다 마나가 하는 게 신뢰도 관계상 더 잘 통할 것 같긴 하지만, 나도 한마디 해두는 게 도리일 것이다.

나는 책상 앞에 앉아 오늘 회의 때 쓴 노트를 꺼냈다.

20분 이내라면 학교 축제 때 상영할 영화보다 더 짧다.

……개인적으로 찍으려 하는 영화는 다행히 등장인물이 주역한 명이다. 나머지는 배경 역할로도 충분한 내용이었다.

다시 콩쿠르 사이트를 살펴보았다.

심사위원은 영화감독이나 영상 디렉터, 각본가, 연예 사무소 관계자 등, 다양한 분야에서 활동 중인 사람들이었다.

상을 받지 못하더라도 누군가의 눈에 띄게 될 수 있을지도 모른다———.

그렇게 생각하니 작업 진도도 자연스럽게 잘 나갔다.

저녁쯤에 돌아온 어머니는 토리고에를 보자마자 '이야기 들었어, 그래. 잘 부탁해, 시즈'라고 말한 다음, 긴장해서 딱딱하게 굳어 있던 토리고에와는 대조적으로 느긋하게 어깨를 두드려 주었다.

그리고 마나가 해준 저녁밥을 넷이서 먹었다.

데리고 온 나는 물론이고 마나도 신이 난 데다 어머니까지 환영하는 분위기였기에 그렇게까지 껄끄럽진 않았을 것이다.

밤에는 마나의 방에서 재우고, 아침이 되자 촬영을 하기 위해 학교로 같이 갔다.

"닮았네, 어머니하고 타카모리 군."

어디가? 그렇게 생각하고 있자니 '왠지, 분위기 같은 게'라고 토리고에가 덧붙였다.

중간에 후시미가 합류했고, 자세한 것까지는 말하지 않은 채 사정에 대해 가르쳐 주었다.

"어~?! 좋겠다~, 좋겠다~. 나도 불러주지 그랬어."

입술을 삐죽대는 후시미가 내게 야유를 퍼부었다.

"바쁠 테니까. 그리고 후시미는 밤 10시에는 자잖아?"

"그래? 빨리 자네. 초등학생."

"아니, 그건! 저기, 자러 가게 되면 열심히 깨어 있을 거니까!"

과연 그럴까.

"시이, 오늘이나 내일은 우리 집에 와줘."

"어, 어, 그래도 돼……?"

"응. 료 군만 치사하니까."

"이건 그런 얘기가 아닌데……."

토리고에는 토리고에대로 이런저런 고민이 있으니까……, 그렇게 말하려던 참에 히메지가 합류했다.

"시즈카 양……? 오늘은 어쩐 일이죠?"

그렇게 의아해하던 히메지에게도 설명을 해두었다.

"히나네 집에서 자봤자 심심하기만 할 테니 저희 집에 오셔도 돼요."

"왜 은근슬쩍 디스하는 건데~. 심심하지 않거든?"

발끈하며 토라진 후시미를 보고 토리고에가 웃었다.

"그럼, 히메지는 그다음에."

"밤 10시에 자는 히나하고 같이 있는 것보다는 즐거울 테니까 안심하세요."

히메지는 방긋, 멋진 미소를 지었다.

"아이는 나를 헐뜯지 않으면 입에 가시가 돋는 모양이구나……!"

고오오오, 후시미는 이상한 소리를 내며 딱딱한 미소를 지었다. 얼굴이 삐걱거렸다.

그와 대조적으로 히메지는 시원스러운 미소를 짓고 있었다.

"죄송해요, 사실을 말해버려서."

"야, 아침 일찍부터 싸우지 마."

파직파직 시선을 부딪치는 두 사람을 말렸다.

갑자기 생각나는 게 있어 토리고에에게 물었다.

"그러고 보니까, 시노하라네 집에서 자도 되는 거 아니었나? 여자들끼리 지내는 게 우리 집보다는 마음이 편했을 텐데."

"아니. 난 미이네 집에 가본 적이 없어."

초등학교 때 사이좋게 지냈다며.

"그래도 간혹 있지. 집에서 놀거나 데리고 오는 게 금지인 애."

"응. 미이가 그거야."

그렇구나. 그런 거였나.

토리고에에겐 친구가 별로 없을지도 모르겠지만, 그래도 마나가 있고, 후시미가 있고, 히메지가 있고, 시노하라가 있다.

다들 좋은 녀석들뿐이다.

토리고에의 어머니가 걱정할 만한 일은 아무것도 없는데 말이지.

◆토리고에 시즈카◆

가출 이틀째 날은 히이나네 집에 신세를 지기로 했다.

"료 군 말고 다른 친구를 데리고 오다니, 신기하네."

히이나네 아버지가 나를 보고는 눈을 동그랗게 뜨고 있었다.

"그럴 수도 있지. 내게도 료 군 말고 다른 친구들이 있으니까."

어린애처럼 삐진 듯한 표정을 짓는 히이나.

"저기, 토리고에 시즈카라고 합니다. 처음 뵙겠습니다. 오늘은, 저기, 신세를 지겠습니다."

나는 급하게 고개를 숙였다.

"아냐, 아냐. 딱히 대단한 집은 아니지만, 편히 있다가 가렴."

"아, 네. 감사합니다."

현관에서 간단한 인사를 마치자 히이나가 재빨리 앞으로 나서서 시야를 가로막았다.

"아저씨는 여고생이랑 얘기하면 안 돼. 뭔가 이상한 게 옮으면 큰일이니까."

"극단적이네……."

곤란한 듯 웃는 히이나의 아버지 모습은 왠지 딸과 비슷했다.

"가자, 시이."

그렇게 말하며 안내해 준 히이나를 따라 나는 2층에 있는 방으로 갔다.

"들어와, 들어와."

"응."

방은 히이나답게 귀여운 느낌이었다.

초등학생 때부터 쓰고 있는 것 같은 공부용 책상과 의자, 그리고 산뜻해 보이는 녹색 커튼. DVD가 들어 있는 수납장과 문고본이 꽂힌 책장이 있었다.

"신경 쓰이는 작품이 있으면 언제든지 빌려줄게."

"고마워."

라인업을 보다가 눈치챈 건데, 화제가 된 초대작 영화나 베스트셀러 소설이 없다.

DVD나 소설의 제목만 보면 이게 여고생이 고른 작품이라고 생각할 사람은 별로 없을 것이다.

"집에는 연락했어?"

침대에 앉은 히이나가 물었다.

"어. 응……."

사실 어제 타카모리 군네 집에서 잤다는 이야기는 하지 않았다. 외박하겠다는 것만 어머니에게 말했다.

메시지만 보내고 무슨 답장이 왔는지도 확인하지 않았다.

"그러고 보니 료 군이 집에 간다는 이야기는———."

"어? 타카모리 군? 앗."

혹시 어제 우리 집에 온 이야기일지도 모르겠다.

"저기. 타카모리 군이 개인적으로 영화를 찍고 싶다고 해서. 그래서 어제 우리 집에 왔어."

"어~? 그랬구나."

타카모리 군, 히이나에게 개인 영화 이야기를 안 했구나.

그럼 내게 출연해달라고 부탁했던 것도 말하지 않았겠지.

"학교 축제 때랑은 입장이 반대이긴 한데, 개인 영화를 어떤 식으로 만들 건지 의논하느라 좀."

"으으~. 나도 영화에 대해 조금은 아는데. 료 군, 이 녀석, 나 같은 사람이 있는데도~!"

히이나는 농담처럼 그렇게 말한 다음, 볼을 부풀렸다.

……귀엽다.

히이나에게는 제대로 말해둬야겠다.

"타카모리 군이 나한테 그 영화의 주역을 맡아줬으면 좋겠다고 부탁했어."

"그렇, 구나."

목소리 톤이 좀 전보다 두 단계 정도 낮아졌다.

"이미지에 딱 맞는다고 하던데. 대체 어떤 이미지인 걸까."

나는 자조했다.

밝은 내용이 아니었으니 그냥 인상이 어두운 나를 떠올린 것 아닐까.

하지만 히이나는 내 생각보다 더 자신에게 말을 해주지 않았다는 게 충격인 모양이었다.

"으으, 분해……. 내가 미숙해서 료 군이 시이에게……."

입을 꾹 다문 히이나가 얼굴로 원통함을 표현하고 있었다.

오디션에 탈락한 것이 계기가 된 건지, 히이나는 그 이후로 자신의 부족함을 한탄하게 되었다.

"타카모리 군에게도 말한 건데, 내용을 채워나가다 보면 내가 아니게 될 가능성도 꽤 있으니까."

그렇게 되면 역시 히이나에게 다시 출연을 의뢰하게 되는 걸까.

20분 이내 단편이라면 주요 등장인물은 한 명만으로도 충분하다.

상상하니 가슴속이 따끔거리면서 아파졌다.

적재적소.

마땅히 그렇게 되어야 할 일이었다. ……겨우 그것뿐인데.

"내가 모르는 동안에 아르바이트를 시작하고, 기재를 능숙하게 다루고, 누가 시키지도 않았는데도 개인적으로 영화를 찍으려 하고……, 내가 알고 있는 건 료 군의 일부에 불과하다는 생각이 들어서. 조금 쓸쓸해져 버렸어."

히이나는 미소를 짓고 있지만, 왠지 슬퍼 보였다.

"료 군도 어른이 되어가는구나~. ……떼를 써서 곤란하게 만들고 싶지 않으니까, 나는 못 들은 걸로 할게."

"어?"

"료 군이 실은……이라고 말했을 때 처음 들은 걸로 할 거니까.

그러니까, 시이, 료 군을 잘 부탁해."

그런 식으로 말할 줄은 전혀 상상하지 못했다.

타카모리 군이 개인 영화 이야기를 내게만 했다는 걸 알고 꽤 답답했을 테고, 연기를 잘하는 자기가 아니라 내게 주역을 부탁한 것도 싫었을 텐데.

그녀가 타카모리 군을 인정하고 있기에 각오를 다졌다는 걸 이해했다.

누구를 선택할지는 타카모리 군에게 달린 거라는, 그런 각오.

"……응. 알겠어."

나쁜 내가 고개를 내밀었다.

그럴 생각은 없었지만, 가진 자의 여유라는 단어가 머릿속을 스쳐 갔다.

"참여하는 이상, 엄청나게 좋은 영화를 만들 거야."

"으으~, 그렇게 되면 대단하긴 하겠지만, 질투 나겠네에."

나는 생각한 걸 솔직하게 말하는 히이나에게 질투해버린다.

부럽기도 하고, 동경하기까지 한다.

우리 둘 다 교복을 벗고 편한 옷으로 갈아입은 다음 이야기를 어느 정도 마무리했을 때쯤, 저녁 식사 준비가 되었다고 히이나네 아버지가 히이나의 휴대폰으로 연락했다.

1층으로 내려가 향한 곳은 깔끔한 다이닝룸이었다. 테이블에는 저녁 식사가 내 것까지 4인분 차려져 있었다.

우리와 아버지, 그리고 집안일을 해주시는 히이나네 할머니까지 네 명.

할머니는 50대 정도로 보이는데, 정말 예쁜 분이었다. 실제 나이는 조금 더 많을지도 모르겠다.

후시미 가문, 대단하다. 히이나처럼 예쁘게 생긴 애가 태어나는 것도 자연스러운 건지 모르겠다.

그러고 보니 히이나네 어머니는 어디 계신 거지? 이혼한 건가?

실례되는 질문일지도 모르니까 물어보진 말아야지⋯⋯.

물어본 건 좋은데 뒤처리하기가 곤란하다──라는 사태는 피하고 싶으니까.

"토리고에 양. 이렇게 자고 가는 건 나도 상관없긴 한데, 집에는 말해두어야지."

"아, 네⋯⋯, 나중에 메시지를 보낼게요."

"아빠. 밥 먹을 때는 진지한 이야기 하지 마. 그리고 시이랑 이야기했으니까 벌금이야."

"왜 그렇게 엄한 건데."

히이나가 아버지에게 쌀쌀맞게 굴긴 했지만, 대충 분위기가 온화했던 저녁 식사였다.

나는 히이나와 함께 방으로 돌아와서 휴대폰 메시지 어플을 켰다.

어머니가 보낸 메시지가 와 있었다. 전부 어제 보낸 거였다.

그 메시지에는 답장을 보내지 않고, 오늘도 친구네 집에서 잔다고만 보냈다.

『폐를 끼치지 않게끔 조심하렴. 재미있게 놀다 와.』

내가 상상했던 반응이 아니었다.

나는 걱정이 많은 어머니에게 자세하게 보고하는 게 귀찮았고, 걱정을 끼치고 싶지 않았고, 어머니가 캐묻는 게 싫었다. 그래서 항상 둘러대거나 입을 다물곤 했다.

그리고 결과적으로 그걸 들킴으로써 쓸데없이 걱정을 악화시켜버렸다.

내가 처음부터 끝까지 제대로 교우 관계에 대해 설명했다면 이렇게 되지는 않았을지도 모르겠다.

내가 초등학교 2학년 때 괴롭힘당하지 않았다면 어머니도 걱정이 많아지지 않았을지도 모르겠다.

시간을 확인하니 밤 8시가 지났을 무렵이었다.

"히이나, 미안해. 나, 오늘은 이만 가볼게."

히이나는 눈을 몇 번 깜빡이고는 미소를 지었다.

"응."

제대로 사과하자.

불안하게 만든 것도, 걱정을 끼친 것도, 전부 내가 한 짓이다.

내가 제대로 설명하지 않아서 어머니가 내 소중한 친구들을 의심한 것이다.

어머니가 더 이상 내 소중한 사람들을 안 좋게 생각하는 건 싫다.

히이나의 아버지가 차로 우리 집까지 태워다주었다.

히이나도 함께 와주었기에 차 안에서 껄끄럽지도 않았고, 헤어질 때 '또 보자'라고 인사를 나눈 다음 차를 보냈다.

옷만 들어있는 가방이 매우 묵직하게 느껴졌다.

잠금을 풀고 문을 살짝 잡아당기자 드륵드륵, 소리가 났다.

"시즈카!"

소리를 들은 쿠우가 타박타박, 현관까지 마중 나와주었다.

"다녀왔어."

"시즈카, 오늘, 친구———."

"어? 아, 응. 친구네 집에 다녀왔어."

그러자 쿠우는 고개를 저었다.

……뭐가 아니라는 거지?

쿠우는 또 어머니의 휴대폰을 들고 있었다.

손바닥 안에 다 들어가지도 못하는 그 휴대폰은 쿠우의 손에 있으니 거대해진 것 같은 착각마저 준다.

요즘에 동영상을 보는 방법을 익힌 쿠우는 어머니가 상대해주지 못할 때는 동영상에 빠져 있었다. 이것저것 만지기 때문에 사진을 찍는 경우도 있었다.

부엌 쪽으로 고개를 내밀어보니 어머니가 등을 돌린 채 빨래를 하고 있었다.

저녁 식사가 다 정리된 테이블에는 랩으로 포장된 반찬 1인분이 남아 있었다.

"……안 차려둬도 되는데."

왜 차려둔 거야……. 자고 온다고 했는데.

"밥도 못 먹고 올지도 모르잖니. 시즈카는 신경이 예민하니까 다른 사람 집에서는 제대로 못 먹을 수도 있을 것 같아서."

목 안쪽에서 치솟는 것을 억누르기 위해 입술을 깨물었다.

타카모리 군네 집에서도, 히이나네 집에서도, 신경이 쓰여서 3분의 1 정도밖에 먹지 못했다.

"먹을게."

나는 내 밥그릇을 들고 밥을 펐다.

자리에 앉아 접시에 싸인 랩을 벗겼다.

"……엄마. 미안해. 거짓말하고, 제대로 말하지도 않고, 둘러대서 미안해."

다시 한번, 미안하다고 사과했다.

걱정을 끼친 나 자신이 한심해서, 평소 같은 자상한 마음이 스며들어서, 눈물 때문에 시야가 흐려졌다.

"타카모리 군, 착한 애더라. 저번에는 방해해버렸지만, 또 데리고 오렴."

"……응."

코를 훌쩍거린 다음, 덧붙여 말했다.

"타카모리 군 말고도. 내 친구들…………, 다들 착한 사람들이야."

"그래. 그럼 다행이고."

하루 만에 먹는 평범한 저녁밥은 약간 식었고, 눈물 맛이 났다.

눈을 슥슥 비비던 쿠우가 휴대폰을 테이블 위에 올려놓았다.

"엄마……."

"그래, 그래."

쿠우는 벌써 잘 시간인지, 어머니가 쿠우를 안고 다이닝룸에서 나갔다.

또 뭔가 이상한 사진이라도 찍어 뒀으려나.

자동으로 잠기지 않게끔 설정해둔 휴대폰을 별문제 없이 조작했다. 사진 폴더를 살펴보았다.

예상했던 대로 쿠우가 멋대로 사진을 몇 장 찍어두었다.

『걱정하지 않으셔도 괜찮아요. 제가 이렇게 말씀드려도 설득력이 별로 없을지도 모르겠지만……, 그러니까─────.』

동영상 같은 게 있어 하나 재생시켜보니 귀에 익은 목소리가 들렸고, 한순간 타카모리 군이 보였다.

"어?"

이번에는 발치가 보였다.

가구의 배치나 찍힌 각도로 보아 내가 지금 앉아 있는 곳에 타카모리 군이 있었다.

일단 멈춰서 상세 정보를 띄우자 찍은 시각이 오늘 저녁이었다.

히이나가 한 말이 떠올랐다.

─────료 군이 집에 간다는 이야기는─────.

내가 초대해서 집으로 데리고 왔던 이야기인가 싶었는데, 그게 아니라 오늘 그럴 거라는 이야기였나?

쿠우도 '친구'에 대해 뭔가 말하고 싶은 눈치였다.

……타카모리 군, 뭐 하러 온 거지?

『학교 축제 때 상영할 영화를 반에서 찍고 있는데, 이야기는 전부 토리고에……, 시즈카 양이 생각해낸 거예요. 혹시나 취미가 독서라서 어두운 이미지가 있을지도 모르겠지만, 이야기에 대해 정말 잘 알고 있어서 엄청 믿음직스럽거든요.』

무슨, 말을 하는 거야, 정말……. 부끄럽게…….

『오타쿠라고 하지 않나요? 시즈카 같은 아이를.』

『……네. 그렇죠. 하지만 나쁜 건 아니에요.』

『저는 좀 더 평범한 걸 좋아했으면 했는데요. 괴롭힘당하기도 했으니까.』

『아……, 그래도 오타쿠는 특정한 장르에 대해 지식이나 교양을 가진 사람을 일컫는 말이기도 하니까, 토리고에……, 시즈카 양은 이상하지 않아요. 넓게 정의하자면 선생님 같은 사람들도 과목별로 오타쿠죠.』

타카모리 군이 어머니와 내 이야기를 하고 있다.

우선 창피한 마음이 훅 올라왔지만, 무슨 이야기를 하려나 하는 호기심이 더 강했다.

『평범하다는 건 어렵잖아요. 당당하게 좋아한다고 말할 수 있는 건 저도 별로 없고……. 그래서 좋아하는 걸 찾아내고 몰두할 수 있다는 것만으로도 대단하다는 생각이 드는데요.』

"무슨 말을 하는 거야……, 남의 부모님에게…… 정말……, 멋대로 와서."

타카모리 군의 진지한 목소리는 동영상 안에서 또렷하게 울려 퍼지고 있었다.

부스럭부스럭, 소리가 들렸다.

카메라가 타카모리 군과 어머니를 제대로 포착했다.

『그리고, 이거. 물양갱은 좀 아니다 싶어서……, 받으세요.』

『어머. 감사합니다.』

타카모리 군, 왜 쓸데없는 구석만 어른인 걸까.

『시즈카 양은 어머니께서 생각하시는 대로 성실하고 부지런해요. 걱정을 끼치고 싶지 않은 마음에 해야 할 말을 하지 않았던 것 아닐까요……! 그리고 이, 일단은 저도 반장이에요. 토리고에나 저나 불량스러운 녀석들하고는 함께 다니지 않으니까――.』

이때다 싶어서 직책을 이용하는 타카모리 군.

대체 왜 이런 행동을 한 거지? 잘못한 건 나인데. 도와주지 않아도 되는데.

주위를 둘러보니 그가 선물로 가지고 온 종이봉투가 테이블 위에 놓여 있었다. 안에는 도라야키가 들어 있었다.

왜 전통 과자만 가지고 오는 거야?

나도 모르게 웃어버렸다.

내 휴대폰으로 동영상을 보내줘야지.

◆타카모리 료◆

"좋겠다아, 나도 시이네 집에 가보고 싶었는데~."

촬영이 있는 오늘, 후시미와 히메지, 나, 그리고 마나는 함께 촬영 장소인 학교로 가고 있었다.

"결국 시즈카 양은 어떻게 되었나요?"

"안 자고 집에 갔어."

향수병……에 걸릴 만한 타입은 아닌 것 같지만, 아무튼 집에 간 모양이다.

어제는 몰래 토리고에네 집에 찾아가서 어머니와 이야기를 했다.

지나치게 설쳐댄 것 같긴 하지만 토리고에에 대한 오해를 풀고 취미에 대한 이해도 얻어낸 것 같아서 다행이다.

"료 군보다는 더 시이랑 친한 사이라고 생각했는데……."

"내가 새치기한 것처럼 말하지 말라고."

"나도, 시즈랑 사이좋은데. 오빠야보다는 더."

"그렇겠지. 나는 우연히 할 일이 있었던 거야."

후시미는 내가 먼저 토리고에네 집에 초대받은 게 불만이었는지 삐진 듯이 눈살을 찌푸리고 있었다.

마나도 납득이 안 되는 모양이었다.

말만 들으면 같은 반 친구 같은데, 애초에 넌 우리 반도 아니고 동갑도 아닌 후배잖아?

"저도 나름대로 친하다고 여기고 있어요. 료가 가도 된다면 우리도 가도 되는 거 아닌가요?"

"무슨 논리야."

본인의 허락을 받으라고, 허락을.

"그러게. 물어볼게."

30분만 있으면 얼굴을 볼 수 있을 텐데, 후시미는 휴대폰으로 메시지를 보내는 것 같았다.

"아. 답장 왔다. ───괜찮대!"

후시미가 기뻐하며 메시지 화면을 이쪽으로 보여주었다.

"역시 시즈야~."

지금 함께 있는 우리 모두를 초대하는 내용이었다.

"나까지 오라고?"

"부르는 김에 같이 부른 거니까 괜찮잖아요."

덤이냐.

더운 와중에 통학로를 지나 학교에 도착하자 낯익은 뒷모습이 보였다.

"시즈~. 안녕."

"마나마나, 얘들아. 안녕."

바깥보다는 낫긴 하지만, 건물 안도 꽤 덥다.

"오늘 촬영을 마치면 시즈네 놀러갈 거니까!"

"응. 그래."

……마나도 가도 괜찮은 건가?

문득 걱정이 되었다.

엄청 갸루인데, 토리고에네 어머니가 또 걱정하지 않으려나.

"너무 기대하진 마. 집이 좁으니까."

"에어컨만 있으면 돼, 나는."

"에어컨 정도는 있지."

토리고에가 쓴웃음을 지었다.

"도라야키가 있으니까, 그것도 대접할게."

이쪽에 시선이 힐끔 돌아왔다.

토리고에의 어머니에게는 비밀로 해달라고 했었는데, 말한 건가……

"선물로 들어온 모양이야."

좋아, 들통나진 않았군.

"우리도 뭔가 과자 같은 거라도 사갈까요."

"그거 좋은데."

히메지의 제안을 후시미가 받아들였다.

"슈퍼 같은 곳에서 좋아하는 과자를 사 가자."

소꿉친구들과 여동생이 뭘 살지 이야기를 나누며 들뜨기 시작했다.

"너무 시끄럽게 안 하도록 조심할게."

내가 그렇게 말하자 토리고에가 고개를 저었다.

"그 부분은 괜찮을 거야."

그런가? 마나 같은 녀석이 엄청 시끄러울 텐데.

그러고 보니 잊고 있었는데, 마나는 꼬맹이 대응 능력이 강하니까 쿠우 상대를 맡기기에 최적이다.

……이 세상은 마나한테만 호감도가 금방 올라가는 시스템이 적용된 거 아닌가?

갸루라는 부분을 제외하면 스펙이 높아서 그런가……?

납득이 안 되네. 그렇게 생각하며 입가를 일그러뜨리고 있자니 토리고에가 마음을 굳게 먹은 듯이 이야기를 꺼냈다.

"개인 영화 이야기 말인데, 확실하게 생각해 봤어. ……역시, 미안해. 진지하게 생각하면 할수록, 내가 맡으면 안 되겠다는 생각이 들어서."

성실한 토리고에다운 대답이었다.

"다른 이유는 아니고, 타카모리 군이 진지하기 때문이야. 좋은 작품을 만들려면 다른 사람이 주연을 맡는 게 낫지 않을까 싶어."

내 제안에 대해 꽤 진지하게 생각해준 모양이었다.

"제일 먼저 그 이야기를 해준 거나 주연을 부탁해준 건 기뻤어. 연기자 이외의 역할도 괜찮다면 협력하게 해줘."

나는 생각지도 못한 그 제안을 곧바로 받아들였다.

"진짜 고마워. 그럼 각본을 도와줬으면 좋겠어."

토리고에는 말없이 고개를 끄덕이고는 조용히 중얼거렸다.

"고맙다는 인사는 내가 해야지. ……타카모리 군, 고마워."

결국 신세를 질 사람은 나인데?

역시 도라야키를 들고 간 게 들킨 거 아닌가…….

여고생에게는 반응이 안 좋을 것 같으니 센스 없다고 여겨질까 봐 두렵다.

"무슨 생각을 하고 있는 건지 대충 알겠는데, 아마 아닐 거야. 그렇지 않아."

"초능력자냐."

"참 신기해. 전혀 그런 캐릭터도 아니면서, 이상한 구석에서 행동력이 있으니까."

앞서가던 세 사람이 먼저 교실 입구에서 우리를 기다리고 있었다.

"오, 오빠야가 시즈랑 꽁냥대고 있어?!"

"꽁냥은 무슨. 그냥 이야기한 거잖아."

내가 어이없어하고 있자니 토리고에가 조용히 웃고는 내게만 들릴 만큼 작은 목소리로 말했다.

"여기 모두를 엄마에게 소개할 거야. 내 친구라고."

그녀의 표정을 본 나는 이제 가출할 일은 없겠다고 생각했다.

⑤ 히메지와 아이카를 찍는다

"그래서, 생각해봤니?"

아르바이트를 하다가 휴식 중.

나는 종이컵에 든 커피에 입을 대면서 자판기 옆에 있던 벤치에 앉았다.

"그러니까, 거절했잖아요."

"정말. 성급하게 결론 내리지 말고."

내게 커피를 사준 마츠다 씨는 자기 커피도 사서 내 옆에 앉았다.

"히메지는 모르잖아요. 이런 이야기를 하고 있다는 거."

"아이카는 오케이할 거야."

할 거야라고 말하는 걸 보니 제대로 확인하진 않은 모양이다.

"이런 건 제3자가 이러쿵저러쿵 따지기보다 본인들의 마음이 중요하다고 생각하고요……."

"으으으응~. 젊네."

신기한 반응을 보인 마츠다 씨가 긴 다리를 꼬았다.

"뭐, 됐어. 이 이야기는 나중에 또 하기로 하자."

"이번으로 끝내주시길 부탁드려요."

아직 나를 구워삶을 여지가 있다고 생각하는 건지, 마츠다 씨는 의욕이 넘쳐 보였다.

"……그러고 보니까, 학교 축제 때 상영할 영화는 어땠나요? 중간까지긴 한데."

예전에 마츠다 씨가 우리가 찍고 있는 영화를 보고 조언을 해주겠다(의역)고 했기에 정리가 된 부분까지 보여주었다.

"뭐라고 해야 하나……, 그, 만든다는 거에 취했더라, 큣."

참고로 큣이란 나를 부르는 호칭이다.

"취했다고요?"

"그래. 뭐, 초보자들의 공감 거리라고 해야 하나, 누구나 통과하는 길이지. 계속 영화를 만들게 되면 실력이 늘었을 때 다시 보렴. 아무것도 안 보였고, 아무런 생각도 없었다는 걸 잘 알 수 있을 거야."

은근 디스 아닌가 이거…….

대놓고 혹평을 들으니 풀 죽는데…….

"아무것도 못 보고 있고, 아무런 생각도 없다는 건가요……."

"정말, 성급하게 결론 내리지 말라니까."

쿡쿡, 집게손가락으로 내 어깨를 찔러대는 마츠다 씨.

소름이 돋으니까 그러지 말았으면 좋겠다.

"이번이 처음이지? 찍은 거."

"네."

"그런데 그 정도면 잘한 거야."

어? 칭찬인가?

"뭘 그렇게 놀라니. 아무것도 안 보이니 뭐니 한 건 실력이 늘었을 때 다시 보면 그럴 거라는 이야기고, 지금 시점의 객관적인 평가는 아니란다."

"그럼 지금 시점에서는요?"

"공부를 많이 했던데."

휴우~~~~, 나는 안도의 한숨을 크게 내쉬었다.

"그럼 처음부터 그렇다고 말해주시지."

"그냥 칭찬만 하면 재미가 없잖니?"

그런 건 필요 없다고.

"서투르지만 말이지, 나름대로 공부를 많이 한 것 같아."

"앞에 그 말은 왜 덧붙이는 건데요."

"쿙은 괴롭히면 성장하는 타입인 것 같으니까."

그런가?

나는 주위 사람들이 띄워주는 환경에서 칭찬으로 성장해나가고 싶은데.

하지만 이 사람은 이래 봬도 아이돌 그룹을 프로듀스하고 있는 프로다.

어떤 타입인 애가 어떻게 하면 성장할지 전부 파악하고 있을지도 모른다.

"그러고 보니까, 내가 줬던 라이브 영상은 봤니?"

아, 그러고 보니 CD를 받았었지.

책상 위에 적당히 올려놔서 지금은 케이스에 먼지가 약간 쌓여버렸다.

"아직요. 좀처럼 시간을 낼 수가 없어서."

"그렇구나. 한가할 때라도 보도록 해. 퍼포먼스가 꽤 괜찮으니까."

우리는 동시에 커피를 다 마시고 쓰레기통에 종이컵을 버린 다음, 사무소로 돌아왔다.

일터인 사장실로 들어와 전용 노트북으로 새로 온 메일의 내용을 체크하고 있자니 마츠다 씨가 손짓하며 불렀다.

"큥. 잠깐만 와보렴."

"네에."

나는 애매하게 대답하고 자리에서 일어났다.

왜 일부러 자기 자리까지 부른 거지?

사장실에는 우리 둘밖에 없고, 평소에는 잡담도 각자 자기 자리에서 하는데.

의아해하며 마츠다 씨에게 다가가자 그는 자료 일부를 건네주었다.

"이런 걸 할 생각이거든."

컴퓨터 쪽은 전혀 다루지 못하는 마츠다 씨가 손수 만든 느낌이 물씬 풍기는 수기 자료.

거기에는 '히메지마 아이의 백 스테이지'라는 이름의 기획이 적혀 있었다.

"이게 뭐죠……?"

"밀착 영상을 찍을까 싶어서. 아이카 거."

"호오~."

그런 프로그램이 몇 개 있었지.

자료에는 그럴싸하게 찍을 거라는 내용이 예쁜 글자로 적혀 있었다.

"아이돌로서 데뷔하고, 일이 잘 풀린다 싶더니 건강 악화로 인해 어쩔 수 없이 탈퇴. 회복한 뒤에는 무대에서 다시 데뷔. 그런 시나리오지."

줄거리만 들으면 다큐멘터리 프로그램도 될 것 같긴 했다.

"그걸 큥이 찍어줬으면 좋겠어."

"호오~. 네⋯⋯, 네?"

"싫니?"

"아, 싫거나 그런 게 아니라⋯⋯, 제가 그런 걸 찍어도 되는 건가요?"

"안 됐으면 부탁도 안 했겠지."

마츠다 씨는 진지한 표정으로 내 눈을 보며 말했다. 농담 같지는 않다.

"아이카의 있는 그대로의 모습을 끌어내고 싶으니까 인공적인 건 필요 없어. 그 역할엔 큥이 제일 적합하겠지. 영상을 찍는 쪽으로도 최소한의 기술은 있는 것 같으니 마침 잘됐다 싶어서."

거절할 이유는 없었다.

무엇보다 내가 해 온 것들을 인정받은 것 같아서 기뻤다.

"할게요. 하게 해주세요."

"멋진 대답이야. 그럼 부탁할게."

항상 밀착할 필요는 없고, 평소 모습이나 주연에 대한 마음가짐, 무대 연습 상황 등등, 그런 것들을 찍어서 편집 전 소재로 만들어줬으면 하는 모양이었다.

나중에 히메지를 선전하는 PV로서도 쓰려는 것 같았다.

"2페이지는 아이카에게 할 질문 리스트. 전부 물어봐 줘."

대충 봐도 서른 개는 되었다.

"전부요?"

"소재로 써먹을 수 있을지 없을지는 모르니까. 많은 게 낫겠지."

"그렇군요……, 알겠습니다."

영화 같은 경우에는 자기가 내용을 정해서 찍는 거니 써먹지 못할 부분이 별로 없다.

하지만 다큐멘터리는 이른바 '써먹을 분량'이 나오지 않으면 영상으로서 내보낼 수가 없다.

질문은 좋아하는 음식이나 좋아하는 아티스트, 좋아하는 배우 같은 가벼운 것들부터 좋아하는 이성 타입이나 이상적인 데이트처럼 민감한 것까지 있었다.

내가 제대로 물어볼 수 있으려나.

물어봐도 '왜 료에게 그런 걸 말해야만 하는 거죠?'라며 기분 나쁘다는 표정을 지을 것 같다.

우와, 눈에 선하네.

"아, 여보세요, 아이카~? 아, 그래, 고생 많아~. 그 건 말인데."

마츠다 씨가 전화 통화를 하기 시작했다. 상대는 히메지인 것 같다.

"쿙이 찍어주기로 했어."

음량이 단숨에 커진 걸 알 수 있었다. 목소리가 갈라질 정도로 시끌벅적하게 뭔가 말하고 있었다.

"시끄럽네. 정말, 깜짝 놀랐잖니."

휴대폰을 책상 위에 올려놓은 마츠다 씨가 통화를 스피커 모드로 전환했다.

『료가요?! 어째서요?! 미, 미미미미밀착이라니————, 어디까지 밀착시킬 생각이신데요?!』

히메지의 목소리다. 엄청나게 당황했네.

"그야, 당연한 거지. 아이카의 모든 거란다."

『어————, 어어어어어어어~. 고, 곤란해요!』

마츠다 씨는 히메지의 반응이 재미있는지 싱글거리고만 있었다.

느낌이 그렇다는 거고 실제로 그렇게까지 밀착하진 않는데 말이지.

"큥도 지금 여기 있단다."

내 이름이 나왔기에 휴대폰을 향해 말을 걸었다.

"여보세요, 히메지. 진정해. 마츠다 씨 말만큼 밀착하는 건 아니니까."

『…………어흠. 료가 찍어주기로 한 모양이군요. 제 발목만은 잡지 말아주세요.』

히메지는 헛기침을 한 번 하고 마음을 다잡은 것 같았다.

"그래. 열심히 할게."

『네, 네. 조, 좋은 마음가짐이에요.』

"카메라맨이 큥이라 좋겠네~, 아이카."

『전혀 아니거든요? 뭐가 좋은데요! 료는 업계 초짜에 영화를 찍기 시작한 소꿉친구일뿐이고, 카메라맨이 누구든 저는 아무런 상관도 없으니까요!』

"어머나. 츤데레 감도가 상당하네."

『츤데레! 아니라! 고요!』

""귀 아파.""

히메지가 발악하듯 내지른 소리가 스피커의 허용량을 훨씬 넘어섰는지, 목소리가 심하게 갈라졌다.

"촬영 일정은 큥하고 아이카의 스케줄을 조정해서 나중에 가르쳐 줄게. 그럼."

아직도 시끌벅적하게 떠드는 히메지를 내버려 둔 채, 마츠다 씨는 일방적으로 전화를 끊었다.

휴우, 숨을 한 번 내쉰 마츠다 씨.

"우리 공주님은 정말 기뻐하시는 모양이야."

그런 거면 좋겠는데.

있는 그대로의 모습을 드러낸다라. 말은 좋지만, 그걸 영상으로 찍는 건 이야기가 달라지지 않나?

"그렇게 되었으니까, 아이카를 잘 부탁해."

마츠다 씨는 그렇게 이야기를 마무리 지었다.

"오늘은 어디 가?"

나는 핸디 카메라를 든 채 화면 너머로 물었다.

"무대 연습하러요."

이쪽을 힐끔 본 히메지가 홱, 고개를 돌렸다.

"그 차림으로?"

"갈아입을 거예요."

"아, 그렇구나······."

나와 거리를 벌리려는 건지, 히메지가 빠르게 걷기 시작했다.

"이것저것 하나하나 물어보지 마세요."

"너무 그러지 마. 원래 이러는 거잖아."

밀착 취재 첫날.

히메지는 카메라를 든 내게 쌀쌀맞게 굴고 있었다.

"방해, 하지 말아주세요."

"안 해."

연습을 할 레슨 스튜디오에 도착하자 히메지는 익숙한 느낌으로 안에 들어갔다.

좀 전부터 저렇게 틱틱 화를 내고 있는데, 괜찮은 건가?

지금 찍고 있는 건 편집 후 홍보 영상이 되는 듯했다.

하지만 의식하면 표정을 있는 그대로 드러낼 수 없으니, 마츠다 씨가 그 사실은 말하지 말라고 했다.

"좋은 아침입니다."

관계자로 보이는 사람들에게 인사를 하는 히메지.

"좋은 아침입니다······."

나도 작은 목소리로 그렇게 인사를 하며 히메지를 따라갔다.

"아, 잠깐. 여기 촬영금지야."

대학생 정도로 보이는 시원스러운 훈남이 주의를 주었지만, 나는 마패처럼 목에 걸고 있던 '레이지 PA 밀착 카메라'라고 적힌 이름표를 보여주었다.

"아, 허가받았어요. 그러니까 괜찮을 거예요."

'허가는 이미 받았으니까 괜찮을 거야앙', 마츠다 씨는 그렇게 말했다.

그러니 괜찮을 거다.

아, 그래, 하며 그 사람은 금방 납득했다.

"죄송합니다. 연습 중에는 찍히지 않게끔 할 테니까요."

내가 고개를 숙여 인사하자 히메지도 '죄송합니다' 하며 살짝 고개를 숙였다.

티셔츠에 운동복 차림인 그 사람은 열려 있던 문 안으로 인사를 한 번 하고 들어갔다.

"저기가 연습장이에요."

안을 잠깐 들여다보니 교실 정도 크기의 방이었다. 한쪽 전체가 거울이었고, 이미 몇 명이 안에서 스트레칭을 하거나 이야기를 나누고 있었다.

"오늘은 댄스 레슨이라 마음이 편하네요."

"역시 잘하는 분야라서?"

"네, 뭐. 오디션 때도 제가 제일 잘했다고 하니까요."

히메지의 콧대가 점점 높아지기 시작했다.

"아, 그렇구나. 뮤지컬이니까 춤과 노래 실력이 필수겠지."

"격이 다르다는 걸 알려줄 좋은 기회네요."

대체 누구랑 싸우고 있는 건데.

연습장을 지나 통로 안쪽으로 간 다음, 이번에는 작은 방에 들어갔다.

"어디까지 따라올 생각이죠? 마츠다 씨가 제 속옷까지 찍어오라고 하던가요?"

"그럴 리가⋯⋯."

히메지가 내 뒤쪽을 손가락으로 가리켰다.

반쯤 열린 문 정면에는 '여자 탈의실'이라고 적혀 있었다.

"으아아?! 그럴 생각은———."

"왜 눈치채지 못하는 건데요⋯⋯."

에휴, 히메지가 한숨을 쉬었다.

강철제 사물함이 여러 개 있었고, 선반에는 가방이나 배낭이 놓여 있었다. 전부 여자 물건이라는 걸 알 수 있었다.

이런 곳에서까지 밀착할 생각은 없었기에 녹화를 멈추고 나가려는데 여자 두세 명이 이야기를 나누는 목소리가 들렸다. 심지어 점점 가까워지고 있었다.

"료, 잠깐만요."

나가려던 내 옷깃을 히메지가 꾸욱, 잡아당겼다.

"지금 나가면 위험해요."

"어째서⋯⋯."

나는 지금 내가 있는 곳과 내가 들고 있는 물건에 대해 다시 생각해 보았다.

"아니. 이, 이런."

탈의실을 도촬하러 온 녀석 같잖아!

"어쩔 수 없네요. 여기, 여기라면 괜찮을 거예요."

히메지가 재빨리 사물함 문을 열었다.

자칫하다간 사회적으로 죽게 될 거야……!

완전히 자업자득이긴 하지만, 여기서 신고당할 수는 없다.

나는 히메지가 열어준 사물함으로 들어가 살며시 문을 닫았다.

틈새로 문 건너편 상황이 약간 보였다.

잡담을 하며 다가온 사람은 내 또래 같은 여자애 하나, 그리고 대학생 아니면 그보다 나이가 조금 더 많을 것 같은 여자 두 명이었다.

세 명 다 히메지나 후시미에 뒤지지 않을 만큼 귀엽거나 예뻤다.

히메지가 슬쩍 앞에 서서 내 시야를 완전히 가로막았다.

아, 그러고 보니 옷을 갈아입는 곳이었지.

"히메지 양. 거기 써도 돼?"

"저기, 오늘은 제가 쓰고 있으니까 가능하면 다른 곳을……."

마음속으로 히메지를 응원할 수밖에 없다.

"뭐야. 나 항상 거기 쓰는데."

목소리에 짜증이 섞였다.

"그래도, 오늘은……, 죄송합니다."

"주연이라고 너무 거만하게 구는 거 아니야?"

"그럴 생각은 없어요."

다툼의 방아쇠가 된 건 내가 여기 왔기 때문이다.

진짜 미안해, 히메지.

다른 목소리가 이야기에 끼어들었다.

"왜 너 같은 애가 주연인 걸까. 연기도 더럽게 서투른데."

평소였다면 뭐라고 맞받아쳤을 히메지도 침묵을 지켰다.

'격이 다르다는 걸 알려줄 좋은 기회네요.'

누구와 싸우나 싶었는데, 히메지에게는 여기가 전장이었구나.

"그러지 마~, 불쌍하잖아. 어차피 높은 사람이 밀어붙인 거겠지~."

세 번째 사람은 감싸주는 것 같으면서도 말끝에 'ㅋㅋ'를 붙인 게 느껴졌다.

뭐라고 말해주고 싶긴 하지만, 나갈 수 있을 리도 없고…….

아, 그렇지……!

나는 휴대폰을 조작해서 얼마 전 토리고에네 집에 갔을 때 찍었던 동영상을 재생시켰다.

『친구. 놀자! 놀자!』

화면에는 활짝 웃고 있는 쿠우가 떠 있었다.

"……저기, 방금, 무슨 소리 안 들렸어?"

"무슨 소리라니, 무슨 소리?"

"나도……, 들은 것 같은데……."

히메지가 이쪽을 돌아보려고 했는지 고개를 살짝 움직였다. 하지만, 참으면서 곧바로 다시 정면을 향했다.

『친구. 놀자! 놀자!』

다시 한번 그 부분을 재생하자 탈의실이 조용해졌다.

"어? 어? 뭐가 있는데……?"

"나, 나도 들었어……, 노, 놀자고."

"자, 잠깐만, 그러지 마아."

콰앙, 사물함을 걷어찼다. 생각보다 소리가 크게 울렸기에 히메지가 움찔거리며 목을 움츠렸다.

그 덕분에 위치가 어긋나서 틈새로 세 사람의 모습이 보였다.

세 명 다 새파랗게 질린 채 시선만 움직이며 주위를 둘러보고 있었다.

"히메지, 맞춰줘."

작은 목소리로 말을 건 다음, 나는 다시 똑같은 부분을 재생했다.

『친구, 놀자! 놀자!』

그 자리에 같이 있었던 히메지라면 쿠우에 대해 알고 있으니 목소리를 듣고 눈치챘을 것이다.

"……어라? 모르셨나요? 이 방, 나오잖아요."

히메지가 조용히 말하자 세 사람의 비명과도 같은 침묵이 방안을 가득 메웠다.

"나쁜 애는 아니니까 신경 쓰지 않으셔도 괜찮아요. 그냥 친구를 원하고, 놀고 싶은 것뿐인 것 같으니까……."

세 사람이 흠칫하는 게 느껴졌다.

"어쩌면 한 명 정도는 데리고 갈지도 모르죠."

그 말을 듣자마자 한 명이 비명을 지르며 도망쳤다. 다른 한 명이 곧바로 쫓아가고, 다리에 힘이 풀린 나머지 한 명이 울먹거리며 기듯이 방에서 나갔다.

"………………후. 후후후."

히메지가 어깨를 들썩이며 웃고 있다.

"이봐, 야. 웃지만 말고 나가게 해줘."

히메지가 그제야 생각났다는 듯이 문을 열어주었다.

"나 때문에 골치 아픈 일이 생겼네. 미안해."

"아뇨. 저 사람들은 예전부터 저랬거든요. 계기는 뭐든 상관없었을 거예요. 꼴 좋네요. 후후후."

세 사람이 보인 모습이 어지간히 우스웠는지, 히메지는 깔깔대며 웃고 있었다.

한참 웃고 난 뒤에야 그녀는 진지한 표정을 지었다.

"좀 아니꼽지만 고맙다는 인사는 해야겠네요. 감사합니다. 이걸로 딱히 해결되지는 않는다 해도, 속이 시원해졌어요."

"그거 다행이네."

"그런데 용케도 그런 생각을 떠올렸네요."

"뭐, 여름이니까."

"그게 상관있나요?"

"없어. 적당히 말한 거야. 유령이 여름에만 영업을 하는 것도 아닐 거고."

긴장의 끈이 끊어진 건지, 히메지는 '그렇긴 하네요'라고 말하며 다시 웃었다.

"그 사람들은 서투르다고 했지만, 히메지는 충분히 잘해."

"네?"

깜짝 놀란 히메지.

"연기 말이야. 방금 했던 거."

"료가 연기에 대해 뭘 안다는 거죠?"

"그렇게 자세히 아는 건 아니지만, 서투른 연기였다면 그렇게 무서워하지도 않았을 거야."

내가 그렇게 말하자 히메지가 볼을 실룩거렸다.

"저기, 언제까지 여기 있을 생각이죠? 저, 옷을 갈아입고 싶은데요."

"아, 미안해. 나갈게. 바로 나간다고."

놓고 간 물건이 없는지, 밖에 아무도 없는지 확인한 다음 그제야 탈의실을 나섰다.

아, 그렇지. 말하는 걸 깜빡하고 있었네.

"연습, 열심히 해. 격이 다르다는 걸 보여주라고, 아이카 님."

"정말, 무슨 말씀을 하시는 거예요? 바보."

어이없다는 듯이 웃는 히메지에게 손을 흔들며 나는 탈의실 문을 닫았다.

밀착용 카메라는 저번에 빌린 것과는 다른 거라서 예정된 밀착 취재(?)가 끝나자 나는 사무소로 카메라를 반납하러 왔다.

카메라를 따로 나눈 건 아마 마츠다 씨가 곧바로 내용을 체크하고 싶어서가 아닐까.

사장이 없는 사장실에서 나는 오늘 찍은 걸 잠깐 확인해 보았다.

연습장에 도착하기 전까지와 안에서 약간 찍은 분량. 그리고 연습을 마치고 돌아오는 길에 간단한 질문을 몇 가지 했다.

"잘라서 이어붙이면 나름대로 써먹을 수 있으……려나."

홍보용 PV 같은 느낌은 아직 들지 않지만, 그에 맞는 프로에게 의뢰할 것이다.

『아하하. 뭔가요? 그 질문.』

그 영상은 좋아하는 동물이 뭔지 물어봤을 때 찍은 것이었다. 히메지는 즐거운 듯이 어깨를 들썩거리고 있었다.

『나도 웃겨. 그래도 리스트에 있으니까.』

『음, 그래요……, 고양이려나요.』

『어째서?』

『앞다리를 쭉 뻗고 기지개를 켤 때 우냐아아~~~라는 느낌이 드는 게 귀여워서 좋아요.』

『아……, 무슨 말인지는 알겠어.』

밀착 프로그램을 진행할 때는 관계자들이 어떻게 보고 있는지 입장을 바꿔주는 장면이 들어가곤 하지만, 그건 마츠다 씨가 지시하지 않았기에 찍지 않았다.

"료~? 아직 멀었어요?"

히메지가 방 안으로 고개를 쏙 내밀었다.

"아, 미안해. 금방 갈게."

전원을 끈 카메라를 책상 위에 올려놓은 다음, 나는 사장실을 나섰다.

연습장에서 집으로 바로 가는 게 가까울 텐데, 히메지는 일부러 사무소까지 따라와 주었다.

저녁쯤이라 그런지 돌아가는 전철 안은 한산했다.

좌석에 나란히 앉자 침묵이 한동안 이어졌다. 잠시 후 히메지가 조용히 입을 열었다.

"오늘 탈의실에서 있었던 일은 마츠다 씨에게 말하지 말아주세요."

"그런 걸 하나하나 말하진 않아."

히메지는 자존심이 강하니까 그런 일이 있었다는 보고가 올라가는 걸 원하지 않겠지.

"그렇게 드문 일은 아니니까요."

"응?"

"자주 있는 일이에요. 여자들 세계에서는."

……말투로 보아 아이돌 시절에도 경험했던 일인 것 같다.

"셋 다 연상 아니야? 중학생 같은 짓을 하는구나."

"여자니까 말이죠~."

그런 말로 설명이 되어버리는 모양이었다.

후시미도 직접적으로는 아니지만 험담을 들은 적이 있었다고 했나.

"미소녀가 다들 통과하는 길이구나~."

별생각 없이 그렇게 말하자 히메지가 나를 들여다보았다.

"네? 뭐죠?"

"아니, 그러니까, 예쁘면 그런 일을 자주 당하곤 하나 싶어서."

눈에 힘을 잔뜩 주고 나를 똑바로 바라보는 히메지.

뭔가 말하고 싶은 듯이, 기뻐하는 듯이 입가를 실룩이고 있다.

"뭔데."

"료도 이러쿵저러쿵하면서도 제가 미소녀라는 걸 인정하는 거군요? 후후후."

그래서 되물은 거구나.

"일반적으로, 그렇지 않나 싶었을 뿐이야."

"료에게 '일반적'이라는 평가 기준이 있었을 줄이야, 놀랍네요."

"나한테도 그런 건 있다고."

"일반적으로는 미소녀 소꿉친구와 결국 사귀게 되는데요."

그녀의 눈이 도발적으로 깜빡였다.

"일반적이라는 건 아닌 패턴도 있다는 거잖아. ……그리고 어디서 나온 일반인데."

"아이가 조사한 결과예요."

"100퍼센트 주관이잖아."

쿡쿡 웃는 히메지가 내 발에 자기 샌들을 툭툭, 붙였다가 뗐다.

"료는 태클을 잘 거네요."

"……고마워."

"왜 부끄러워하는 거죠?"

"안 그랬어."

집에서 가까운 역에 도착한 우리는 걷기 시작했다.

"어라? 료, 이쪽은 저희 집 방향인데요?"

평소에는 헤어지는 갈림길에서 내가 히메지네 집 쪽으로 가자 그녀가 의아하다는 듯이 고개를 갸웃거렸다.

"이쪽으로 오면 료네 집은 멀리 돌아가게 되잖아요?"

"괜찮아. 그래봐야 5분 정도니까."

"뭐죠? 이제 와서 아이 포인트를 따려고 하는 건가요?"

"그게 뭔데."

"항상 저 갈림길에서 히나랑 같이 가버리는 주제에."

그녀는 눈을 흘기며 원망하는 말을 중얼거리고는 어깨를 으쓱였다.

"뭐, 됐어요. 이제 와서 포인트를 따는 것도 늦진 않았으니까요."

"그러니까, 그 포인트라는 게 대체 뭔데."

히메지네 집에 도착하자 그녀가 문 앞에서 이쪽을 돌아보았다.

"오늘은 여러모로 고마웠어요."

"이 정도는 아무것도 아니야."

"영화 쪽도 막바지에 접어들었으니까, 열심히 해보죠!"

그럼, 하고 손을 흔든 히메지는 마치 머리 위에 음표라도 떠다닐 것 같은 발걸음으로 들어갔다.

히메지 말대로 이젠 출연할 차례가 끝난 반 친구들이 더 많아졌고, 남은 컷 수는 열 개 정도다.

그사이 찍은 걸 마츠다 씨에게 보여준 다음 다시 조언을 부탁했더니 딱히 할 말이 없다고 했다.

비판해줬으면 했던 건 아니지만, 아무 말도 하지 않는 것도 나름대로 불안해진다.

집으로 돌아온 나는 내 방에서 내일 촬영 예습과 지금까지 찍은 영상을 확인하기로 했다.

30분을 예상하고 있었는데 조금 더 길어질지도 모르겠다.

컴퓨터 옆에 놓아둔 케이스에 문득 눈길이 갔다.

히메지의 라이브 영상이 들어 있는 CD.

마츠다 씨는 히메지가 멋진 표정을 보였다고 했었지. 어떤 모습인지 신경 쓰여서 컴퓨터에 넣어봤다.

프로그램을 띄워 재생 버튼을 누르자 라이브 영상이 흘러나오기 시작했다.

공식 DVD가 아닌지 라이브 하우스의 고정 시점 영상이었다.

히메지는 금방 발견할 수 있었다.

무대 위에서 노래하고 춤추면서 미소를 보이는 그녀.

그런 캐릭터가 아니라는 걸 알고 있어서인지 좀 전까지 같이 있었던 히메지와는 좀처럼 이어지지 않았다.

손님들이 타이밍을 맞춰서 추임새를 넣었다. 분위기가 최고조로 달아올랐고, 연기자와 손님들의 일체감이 돋보였다.

확실히 정말 멋진 표정이었다.

그녀는 때때로 오른쪽 검지와 엄지를 펴서 왼쪽 가슴 근처로 가져갔다.

낯익은 포즈였다.

손님들도 거기에 맞춰서 손을 똑같이 펴고 하늘 위로 들어 올렸다.

"이 포즈는······."

나와 히메지가 전학가기 전에 생각한 것. 어렸을 때 보던 전대물의 승리 포즈를 어레인지한 것이었다.

우리 둘 사이에서는 비밀의 사인으로 통하기도 했었지.

이거, 다른 라이브에서도 한 건가?

"이봐, 시노하라. 아이카 님에 대해서 좀 가르쳐줬으면 하는 게 있는데."

나는 지식이 풍부한 시노하라에게 전화를 걸었다.

『갑자기 웬 전화인가 싶었는데. 아이카 님이 왜?』

"검지랑 엄지를 펴는 포즈 있잖아. 자주 했어?"

『했지. ⋯⋯아니, 본인에게 물어보면 되잖아. 뭐 하러 굳이 나한테.』

"물어보기 편하니까."

『아, 그래.』

"그건 라이브에서만 한 거야?"

『맞아. 그래서 그 핸드 사인을 알고 있는지 여부로 현장에 직접 갔는지 안 갔는지 금방 알 수 있으니까, 어중이떠중이들을 골라낼 수 있는 거야.』

그런 짓 하지 말라고. 무섭네, 고인물. 심지어 라이브를 현장이라고 부르고 있다.

어중이떠중이라도 상관없잖아. ⋯⋯나는 그렇게 생각했지만, 말하면 잔소리를 들을 것 같았기에 잠자코 있었다.

후시미가 출연한 연극을 보러 갔을 때 뭔가 아는 척을 했던 것만 봐도 그녀는 나름 현장에 다녀본 횟수가 많은 것 같다.

"무슨 의미인지 알아?"

『팬들 사이에서는⋯⋯.』

이렇다, 저렇다, 일설로는 어떻다, 하며 이야기가 엄청나게 길어졌다.

더 이상 듣고 있을 수가 없었기에 적당한 타이밍을 노려서 고맙다고 인사를 하고는 전화를 끊었다.

"⋯⋯그냥 본인에게 물어볼 걸 그랬네."

후회할 정도로 시간이 오래 지났다.

다시 생각해봐도 시노하라가 늘어놓은 이야기는 1할도 머릿속에 들어오지 않았다.

아마도~, 일설로는~, 예상으로는~, 말을 꺼낼 때마다 그런 단어를 먼저 붙였던 게 기억나는 걸 보니 정확한 의미는 고참 팬도 알지 못하는 것 같다.

어렸을 때 생각해낸 사인이 결정적인 포즈를 취하는 타이밍에 안성맞춤이었던 거겠지.

그렇게 결론을 내리고 있자니 전화가 왔다.

마츠다 씨였다.

"여보세요. 고생 많으시네요."

『그래애, 고생 많아~. 큿, 오늘 밀착 촬영해줘서 고마워. 방금 돌아와서 확인해봤는데. 완벽해. 정말 있는 그대로야. 이런 표정을 짓는구나, 아이카도 참.』

"제대로 찍은 것 같아서 다행이네요."

『다음에도 이런 느낌으로 부탁할게~.』

아. 그렇지. 마츠다 씨라면 알고 있을지도 모르겠다.

"지금, 히메지의 라이브 DVD를 보고 있는데요."

『어머, 그래? 아이카 멋지지? 그룹으로서도 꽤 뜨거운 라이브여서 나도 눈물이 좀 나올 것 같았거든———.』

아. 이거, 이야기가 길어질 것 같은데.

위험을 느낀 나는 가로막으려는 듯 본론을 꺼냈다.

"히메지가 하는 핸드 사인은 무슨 의미인가요?"

『그거 말이구나. 건 핑거.』

건 핑거…….

아, 손가락으로 총 같은 형태를 만드니까 그렇구나.

『V사인을 변형시킨 거라던데. ……의미는 '좋아해'였던가?』

띵동, 휴대폰이 메시지를 받았다는 사실을 알렸다.

『감독의 NG 모음집 떴다!』

우리 반 그룹 채팅방에 NG 장면을 모아서 정리한 걸 올리자 곧바로 반응이 왔다.

『빵 터지네 ㅋㅋㅋ』, 『NG 내놓고 멋진 척 ㅋㅋㅋ』, 『이거 그냥 대본 보면서 읽는 수준 아님? ㅋㅋ』

다들 NG를 보며 태클을 걸고 있었다.

모두가 항상 같은 현장에 있었던 것도 아니고, 함께 있더라도 찍는 내게만 보이는 표정이 있기도 했기에 우리 반에서는 반응이 좋을 것 같다고 생각했는데, 예상이 들어맞았다.

예정보다 길어진 촬영도 진도가 꾸준히 나가서 이제 이틀만 찍으면 끝난다.

애초에 일정을 꽤 여유있게 잡았으니 학교 축제 때까지는 늦지 않게 맞출 수 있을 것이다.

음악 제작반이 약간 난항을 겪고 있는 것 같으니 그쪽은 임기응변으로 대처해 나갈 필요가 있겠네.

이쪽 영화는 어느 정도 마무리가 되어간다. 문제는 다른 쪽이다.

『료 군, 다음에 같이 숙제하자~!』

후시미가 따로 보낸 메시지를 받았다.

내가 안 했다는 전제로 말하고 있네…….

안 하긴 했지만.

둘 다 다른 일정이 없었기에 내일 후시미가 우리 집으로 와주게 되었다.

역시 후시미다. 괜히 오랫동안 알고 지낸 게 아니다.

여름방학이 3분의 2 정도 지나간 지금, 전혀 손을 대지 않은 숙제를 본 후시미는 어이없어하기는커녕 오히려 의욕을 보였다.

"나는 지금부터 료 군이 문제없이 숙제를 끝낼 수 있게끔 스케줄을 짤게."

"아니, 그 스케줄부터 이미 문제가 있는 것 같은데."

"괜찮아, 괜찮아, 하루에 네 시간씩만 하면 금방이니까!"

"전혀 괜찮지 않잖아?"

어떻게 그런 말을 하면서 눈을 번득일 수 있는 거야?

"료 군, 나는 됐으니까 손하고 머리를 움직여."

"예이, 예이."

마나가 좀 전에 가져다준 보리차를 한 모금 마신 다음, 샤프를 움직였다.

여름방학 숙제인 문제집에 겨우 답을 하나 적었다.

"아, 맞다. 학교 축제랑은 별개로 영화를 찍을까 하는데, 후시미, 출연 안 해볼래?"

"으음~."

진지한 표정을 지으며 스케줄을 생각하고 있던 후시미가 펜을 내려놓았다.

"내가 출연 안 하겠다고 할 것 같아?"

"아니."

"그래도 료 군. 여름방학 숙제를 끝내고 나서 해야지."

"어?"

"왜 뜻밖이라는 표정을 짓는 건데. 먼저 이것부터 하자."

탁탁, 후시미가 아직 산더미처럼 쌓인 문제집을 두드렸다.

"스파르타냐."

"안 한 료 군이 잘못한 거지."

그녀는 흥, 하며 고개를 홱 돌렸다.

젠장……, 매년 내 숙제 기한은 교무실로 불려가서 언제까지 제출하라는 말을 들었을 때 정해지는 건데.

"그 영화 말인데, 콘테스트에 응모해볼까 생각 중이거든."

"콘테스트……?"

곧바로 이쪽을 돌아본 후시미의 얼굴에는 흥미가 있다고 써 있었다.

"그래. 고등학생 한정으로 영화관에서 주최하는 단편 콘테스트인데."

설명하는 것도 힘들 것 같았기에 나는 공식 사이트를 후시미에게 보여주었다.

"료 군, 그런 건 미리 말해야지!"

"그럼 숙제는 다음에?"

"스케줄을 다시 짜야겠어!"

봐주지 않으려는 모양이다.

"대본이 제대로 있고 20분짜리 영화라면, 촬영은 하루면 끝날 거야."

그렇긴 한데…….

질색하는 나와 달리 의욕이 솟구친 후시미는 눈을 반짝이며 숙제 스케줄을 짜기 시작했다.

"료 군은 열심히 끝내줘야 해! 나도 도울 테니까, 열심히 하자!"

먼저 영화를 찍게 해달라고 애걸복걸했지만, 후시미는 끝까지 고개를 끄덕이지 않았다.

"……알았어. 알았다고. 할게. 아무리 그래도 네 시간은 힘들겠지만."

"그렇지 않아. 아침에 일어나서 두 시간. 밤에 자기 전에 두 시간. 봐, 네 시간이지."

봐는 무슨. 30분이나 할 수 있을지 의심스럽다고, 나는.

하루에 네 시간이나 공부를 하다니, 미지의 영역이다.

"영화를 찍게 된 이후로 료 군이 여러모로 긍정적이라 기뻐."

"그렇지는 않은 것 같은데."

"내게는 그렇게 보여."

후시미는 그렇게 말하며 활짝 웃었다.

"수능을 준비하게 되면 내년 여름방학에는 네 시간 정도로 끝나지 않을 테고."

후시미가 등골이 오싹해지는 말을 아무렇지도 않게 꺼냈다.

그 말을 듣고서야 생각이 났다.

마츠다 씨가 사무소에 들어오지 않겠냐고 권해보라고 했었던 것이다.

"후시미. 히메지네 사무소 사장님인 마츠다 씨가 관심 있으면 그쪽 사무소에 오지 않겠냐고 하던데."

"아이네 사무소?"

그녀는 눈을 깜빡이다가 곧바로 고개를 저었다.

"관심은 있지만, 안 갈래."

"어째서?"

"왠지 모르겠지만, 수상쩍은 느낌이 드니까."

수상쩍다는 건 왠지 이해가 된다.

"그렇게 보일지도 모르겠지만, 꽤 착실한 사람이야."

"아이가 지니고 있는 능력 같은 게 내게는 하나도 없고, 난 연기 쪽을 평가해주는 사람이 좋겠다 싶거든."

그렇긴 하네. 나는 납득했다.

나는 아르바이트하는 곳이 거기라 자주 만나서 잘 알게 되었지만, 매니지먼트를 받는 쪽에서 보기에 마츠다 씨는 미지수일 것이다.

오디션 선발을 맡은 것도 아니고, 후시미에 대해 잘 알고 있는 것도 아니다.

우리나 후시미의 시선으로 보기에 비린내 나는 세계의 주민인 마츠다 씨는 후시미의 말처럼 수상쩍은 모습을 슬쩍슬쩍 드러내고 있다. 현실주의자라는 점도 아직 받아들이기 힘든 부분이다.

히메지와 관련된 그 이야기도 그렇다.

"료 군?"

"아니. 아무것도 아니야."

나는 고개를 저으며 다시 문제집을 풀기 시작했다.

집중이 끊기기 시작하자 저번에 봤던 라이브 영상이 머릿속에 되살아났다.

히메지의 그 핸드 사인은 마츠다 씨의 말에 따르면 좋아한다는 신호인 모양이다.

현장에 있던 팬들이나 영상을 볼 팬들에게 보내는 메시지라고 생각하면 매우 당연한 거다.

『예전에 한번 물어본 적이 있었지. 메시지라고 하던데.』

그 의미를 가르쳐주었을 때, 마츠다 씨는 그렇게 말했다.

그 사인에 대해서는 본인에게 직접 물어볼 수밖에 없을 것 같다.

"료 군, 잠깐만."

후시미가 말을 걸어왔다.

"왜 그러는데?"

"이 콘테스트, 우수상 상금이 10만 엔이야. 알고 있었어?"

"응."

"어쩌지. 상을 타면 엄청 비싼 가게에 밥을 먹으러 가자."

"그렇게 간단히는 못 탄다니까."

"모르지. 나도 최선을 다할 거고, 료 군도 열심히 할 거잖아. 봐, 승산이 있어."

긍정적이네~.

"그럼 이렇게 하자. 숙제를 포기하면 제작 시간이 늘어나니까——."

"안 돼, 안 돼. 그건 안 된다니까."

그것만큼은 절대로 양보해주지 않았다.

좋은 생각인 것 같은데 말이지~.

"고등학생이라면 다들 별 차이 없을 거야. 오히려 료 군은 한 편을 거의 다 찍어가는 만큼 실적이 있잖아."

"기대를 부추기는 말은 하지 마."

진짜로 조금 기대해버리잖아.

후시미는 스케줄을 재빨리 다 짜고는 내 노트북을 침대로 가져가서 안에 들어 있는 학교 축제용 동영상을 보기 시작했다.

"흐아~, 이런 느낌이구나아~. 쑥스럽네~."

그녀는 침대에서 발을 버둥거리다가 베개에 얼굴을 묻고, 다시 동영상을 힐끔 보고는 또 발을 버둥거리고 있었다.

"꽤 잘 찍혔네……, 신경 쓰이니까 좀 더 봐야지……."

다시 감상을 시작한 그녀가 우후후, 쑥스러움을 감추는 듯한 미소를 지었다. 그러나 싶더니 이번에는 흐아아, 이상한 비명을 지르며 침대에서 날뛰었다.

눈앞에서 내가 만든 걸 다른 사람이 본다는 건 조금 부끄러웠다.

하지만 이런 식으로 반응을 보여주니 기쁘기도 했다.

귀가 빨개진 후시미는 계속 흐아아, 소리를 지르며 베개를 탁탁 두드렸다.

⑥ 밀착의 끝과 결론

그룹을 결성한 지 얼마 안 되었을 무렵.

그 일을 문득 떠올린 것은 나 말고 다른 멤버들이 각자 자기소개 때 보여줄 간단한 동작을 생각하고 있을 때였다.

오른쪽 손바닥을 왼쪽 가슴에.

주먹을 쥔 상태에서 엄지손가락과 집게손가락을 편다———.

『이런 건, 어떨까요.』

내가 조심조심 그렇게 제안하자 료가 의아하다는 표정을 지었었다.

『그게 뭔데.』

『신호예요, 신호.』

『무슨 신호?』

『그건———.』

전학이 결정되고 나서 계속 마음에 담고 있었던 제안을 했을 때는 나도 약간 긴장했다. 전대 히어로물의 멋진 포즈를 어레인지했다고 말하자 료는 금방 눈치챘다.

지금 생각해보니 만나지 못하게 되는 거니까 신호고 뭐고 필요 없다.

료가 의아해하던 것도 이해가 된다.

『그래. 그럼, 이렇게 말이지?』

료는 내가 제안한 포즈를 취해주었다.

나는 료를 좋아했고(아니, 당시에. 당시에 그랬다는 거라고요), 료도 나를 좋아했기에 그 사인은 두 사람의 마음을 확인하는 거라고 나 혼자 멋대로 생각하고 있었다.

하지만 당연하다고 해야 하나, 전학을 가버리니 만나기는커녕 접점이 거의 없어졌다. 그 이후로 료와는 편지로 몇 번 연락을 했을 뿐, 그 사인을 선보일 기회는 없었다.

혹시나 내가 이런 활동을 하고 있다는 걸 우연히 알게 되어서 보러 와줄지도 모른다———.

그래서 그 사인은 라이브 중에만 취하는 포즈 중 하나로 삼았다.

간단히 할 수 있기에 내가 그 포즈를 취하면 손님들도 손을 들어 올려서 그 사인을 해주었다.

멤버들이 의미를 물어본 적이 있었지만, 나는 별다른 의미가 없다고 대답했다.

제3자의 해석은 내게 있어서 어찌 되든 상관없는 거였으니까.

만약에 어디선가 이걸 보고 떠올려준다면 그걸로도 충분하다.

……그런 식으로 생각하고 있었는데, 료는 그런 일이 있었다는 것도 전혀 기억하지 못하는 것 같았다. 그 사인뿐만이 아니라 나를 완전히 잊은 듯이 히나와 즐거운 고등학교 생활을 보내고 있었다는 사실을 알게 되자 질투 반, 짜증 반이 섞인 기분이었다.

"아, 맞다, 맞다. 큥에게 라이브 영상을 줬어."

보이스 트레이닝을 끝내고 돌아가는 길에 나를 바래다주러 온 마츠다 씨가 차 안에서 그렇게 말했다.

"라이브 영상요? 호, 호오. 그렇군요. 그, 그랬나요?"

두근, 심장이 한 번 크게 울리더니 가슴이 경종이라도 울리듯 마구 뛰었다.

그렇다면 내가 그 사인을 보냈다는 걸 이미 본 건가……?

"일주일 정도 전이야. 오디션이 끝났을 때쯤. 무대 위에 선 아이카를 한번 보여주고 싶어서."

후후후, 핸들을 잡은 마츠다 씨가 낮은 목소리로 웃었다.

"쓰, 쓸데없는 참견은 하지 말아주세요."

"상관없잖니~. 최고니까. 보여주고 싶다고 생각한 적은 있잖아. 그렇게 쿨한데."

쿨하다는 건 말 그대로의 의미가 아니라 마츠다 씨가 칭찬에 쓰는 말 중 하나였다.

나는 최고로 매력적이라는 뜻으로 해석하고 있다.

보여주고 싶다———. 그런 생각을 안 해본 건 아니다. 의상도 귀엽고, 노래나 춤도 나름대로 온 힘을 다한 퍼포먼스를 항상 선보였다고 생각한다.

하지만 다음에 만났을 때 그 이야기를 꺼내면 무슨 표정을 지어야 할까.

"취재 영상도 완벽하고, 큥은 능력이 꽤 좋단 말이지."

직접 말해주면 될 것을.

내가 돌아온 뒤에 본 료는 무슨 문제가 있었는지 약간 비굴하게 느껴지는 구석이 있다.

"왜, 왜, 그런 짓을 하는 건가요. 료에게 라이브 영상을 주고,

밀착 카메라맨으로 발탁하고……, 마츠다 씨에게는 그냥 아르바이트생이잖아요."

"그래. 내게는 말이지. 하지만 아이카에게는 그렇지 않잖니?"

이쪽을 힐끔 본 여자 같은 훈남 아저씨가 윙크를 했다.

"네. 뭐, 소꿉친구고? 예전부터 알고 지냈던 사이고?"

"아~. 그래, 그래. 그랬지, 그랬어."

"그 반응은 대체 뭔가요!"

내가 화난 듯이 소리치자 마츠다 씨가 큭큭거리며 웃었다.

"쿙은 아이카를 꽤 신경 쓰고 있는 것 같던데."

"어…………, 어, 어, 그, 그, 그게, 저기, 무슨……?! 시, 신경 쓴다니, 그럼———."

"얼굴, 새빨개졌어."

"윽."

나도 모르게 머리카락으로 옆얼굴을 가렸다.

"그, 그, 그, 료가, 그렇게 말했나요? 뭐, 뭔가, 그렇게 생각할 만한 근거 같은 게……?"

얼굴이 빨개진 걸 들키지 않게끔 창문 쪽으로 고개를 돌렸다. 창문에는 빨갛게 물든 내 얼굴이 비쳤다.

플래시백처럼 그날 그 사인을 취하던 료가 머릿속에 떠올랐다.

"음~. 비밀."

"……에휴. 대충 말만 그렇게 하시는 거 아닌가요?"

"아닌데."

"그래요?"

나는 의심스러워하는 눈초리로 마츠다 씨를 보았다.

"후시미, 라고 했던가? 소꿉친구. 그 애도 정말 괜찮던데에."

"……네. 그게 왜요?"

"한 가지만 말해둘게, 아이카."

이번에는 또 무슨 말을 꺼내려는 걸까요.

나는 마츠다 씨를 힐끔 보고는 그가 말하기를 기다렸다.

"소중하다면 확실하게 잡아두어야 한다?"

"……그 조언은 대체 뭔가요."

"여자 같은 훈남의 충고야."

아저씨라는 말은 안 하네요. 머릿속 한구석에 그런 생각이 들었다.

마츠다 씨가 집까지 바래다주었고, 고맙다는 인사를 한 다음에 헤어졌다.

방금 그 말이 무슨 의미인지 이해를 못 할 내가 아니다.

솔직히 말하자면 내버려 뒀으면 한다. 마츠다 씨에겐 은근히 부추기는 낌새가 있으니까.

하지만 그가 하는 말도 정론이긴 했기에 무시할 수는 없다.

그때, 휴대폰에 료가 보낸 메시지가 왔다.

어쩌면 그 이야기를 하는 것 아닐까, 그런 생각이 들어서 약간 긴장했다.

『내일도 취재 잘 부탁해.』

……열어본 메시지에는 그렇게 적혀 있었다.

"료답다고 하면 납득이 되네요."

안심한 것 같기도 하고, 허탕을 친 것 같기도 한 기분이었다.

심호흡을 하며 기분을 다잡았다.

『저야말로요. 이상한 건 찍지 말아주세요!』

예전에 편지를 주고받을 때는 몇 달에 한 번 정도였고, 전화를 한 적이나 만난 적은 없었다.

하지만 지금은 메시지를 보내면 몇 분 뒤에 답장이 온다.

내일도 만날 거고, 헤어질 때는 서로 또 보자는 말을 주고받는다.

나는 그게 조금 기뻤다.

"오늘은 노래 연습이네요."

카메라를 들이댄 료에게 그렇게 말했다.

'아, 그렇구나. 뮤지컬이니까~', 그는 그렇게 조용히 혼잣말을 했다.

"할 일이 너무 많은 거 아니야? 연기하고, 노래 부르고, 춤도 춘다니."

"그런가요? 저는 춤도 좋아하고 노래도 좋아하니까 연기 연습만 하는 것보다는 즐거운데요."

"그럼 다행이고."

저번과는 다른 레슨 스튜디오에 도착한 다음, 스탭분들에게 인사를 하고 안으로 들어갔다.

신발을 실내화로 갈아신고 있자니 누군가가 말을 걸었다.

"아이카, 좋은 아침~."

반짝, 하얀 이빨을 드러내며 뒤에서 야스다 씨가 다가왔다.

모델 출신인 야스다 씨는 키가 크고 할아버지가 영국인가 어딘가 외국인인 쿼터라고 한다. 시원스러운 훈남이라 평해도 아무런 문제가 없을 사람. 저번에 료에게 촬영 금지라고 주의를 줬던 사람이기도 하다.

"좋은 아침입니다. 오늘도 잘 부탁드려요."

"아. 조, 좋은 아침입니다……."

내가 인사하자 료도 카메라를 든 채 어색하게 인사했다.

료와 그의 가슴에 걸린 촬영 허가 카드를 확인한 야스다 씨가 눈을 가늘게 떴다.

"오늘도 카메라가 있구나. 대단해, 스타잖아."

"그렇지 않아요. 그냥 사장님이 무대 뒷이야기를 찍고 싶다는 방침일 뿐이에요."

나는 쓴웃음을 지으며 부정했다.

다른 연기자가 말을 걸자 야스다 씨는 내게 손을 살짝 흔들고는 통로 안쪽으로 걸어갔다.

"제가 말했던가요? 저 야스다 씨가 무대에서 제 상대 역할이에요."

"진짜로? 엄청 훈남이던데……."

료는 딱히 아무렇지도 않다는 듯이 감상을 말했다.

"복귀한 뒤에 쓰는 예명은 히메지마 아이카구나……."

그 왜, 다른 생각은 안 드는 걸까요?

"어흠. 손을 잡거나, 허리에 팔을 두르거나, 포옹을 하기도 해요."

"아, 러브스토리 같은 거야? 그러고 보니 내용에 대해서는 이야기를 들은 적이 없네."

"그렇긴 한데요……."

물고 늘어질 부분은 거기가 아니라고요. 이 벽창호, 정말…….

마츠다 씨는 꽤 신경 쓰고 있다고 했는데, 정말로 그런 걸까요.

교실 정도 크기인 스튜디오 구석에서 노래할 가사를 확인한 다음, 흥얼거리며 리듬을 맞췄다.

주연인 내가 혼자서 노래하는 솔로 파트는 출연자들 중에서는 가장 많다.

노래 연습은 오늘이 두 번째다.

그냥 노래하는 것과는 다른 면이 있는 것 같았기에 저번에 주의받은 것을 적어둔 메모를 보며 복습해 나갔다.

힐끔, 이쪽을 향하는 렌즈를 보았다.

"의식하지 말라고."

"아──, 안 했거든요! 누가 당신 같은 사람을!"

정신이 번쩍 들어서 주위를 둘러보니 스튜디오에 있던 사람들이 이쪽을 주목하고 있었다.

나는 창피해져서 어깨를 으쓱였다.

내가 갑자기 큰소리를 내자 눈을 동그랗게 뜬 료가 카메라를 툭툭 두드렸다.

"아니, 이거 말이야. 카메라."

"저도 아는데요."

"찍고 있다는 걸 의식하지 말라고 한 거야."

"……의식이 된다고요. 조금 정도는."

"방금 다큐멘터리 같은 표정을 지었잖아. 가사를 읽을 때. 그런 건 필요 없다고 하던데."

……어째서 바로 알아채는 거죠?

좋은 아침입니다라는 말이 들리는 횟수가 늘어났다. 스튜디오에 레슨 일정이 잡힌 몇 명이 모이기 시작하고 있었다.

"저기, 히메지. 마츠다 씨가 뭔가 내 이야기 한 거 없어?"

"네? 뭔가라뇨, 그게 뭔데요?"

"아니, 딱히 안 했으면 됐고."

나는 머리 위에 물음표를 띄우며 고개를 갸웃거렸다.

"그룹 라이브 영상을 줬다고 하던데, 벌써 보셨나요? 감상은요?"

저는 요만큼도 신경 쓰지 않으니까요.

지금도 가사를 읽고 저번에 주의를 받은 점들을 챙기면서…….

"응. 봤어."

"호, 호오."

"멋지더라. 의상 연출 같은 것도 화려하고."

"그, 그거 말고는요……?"

"이거."

료가 그 포즈를 취했다.

"기, 기, 기억하고, 있었나요?"

"응. 생각났어. 그거잖아. 전학 가기 전에 정했던 거."

"마, 맞아요! 맞아요!"

과거를 잊어버린 기억상실맨인 줄 알았는데, 사소한 계기로 떠올리기도 하나 보네요.

"라이브에는 딱 맞더라. 관객들도 따라 하면서 신이 났고."

"딱 맞는다고요?"

"응. 좋아한다는 의미잖아."

틀린 건 아닌데, 각도가 좀 다르다고 해야 하나……

어떻게 설명해야 할지 몰라서 곤란해하고 있자니 시간이 됐다. 선생님 곁으로 나를 포함한 연기자들이 모여들었다.

레슨이 시작될 것 같다는 낌새를 눈치챈 료는 방에서 나갔다.

내가 이러고 있는 동안에는 시간이 붕 뜨지 않을까. 약간 걱정이 되었지만, 오늘은 자기 노트북과 문제집을 가지고 온 모양이었다.

이 시간에는 학교 축제 때 상영할 영상 편집과 여름방학 숙제를 하려는 모양이었다.

어제, 히나가 영화를 중간까지 본 모양인지 흥분하며 감상을 말해주었다.

감상의 절반 이상이 장난 아니야라는 말이었기에 나는 직접 보고 확인하라는 뜻으로 해석했다.

선생님이 또 몇 가지 잔소리를……, 아니, 개선점을 지적했고, 그걸 하나씩 메모해 나갔다.

"아이카, 성실하네~."

야스다 씨가 작은 목소리로 놀리듯이 말을 걸었다.

"저는, 서투르니까요."

"그렇지 않아."

아뇨, 아뇨, 나는 그렇게 말하며 고개를 저었다.

휴식 시간이 되자 료가 다시 안으로 들어왔다.

"아~. 카메라맨이다~. 오늘도 취재야?"

대학생 정도로 보이는 여자 극단원(이름은 아직 외우지 못했다)이 료에게 말을 걸고 있었다.

"네. 오늘도 실례하겠습니다."

"어? 이거 벌써 찍고 있는 거야?"

"네. 찍고 있어요."

"귀엽게 찍어줘. 타카모리 료 군이라고 했던가~?"

"네. 저기, 요시나가 씨, 맞나요?"

어느새 이름을.

"맞아, 맞아. 기억해줬구나. 고등학생인데도 사무소의 카메라맨이라니, 대단하네."

"아뇨, 아뇨……, 거의 우연히 맡게 된 거나 마찬가지라, 전혀 그렇지 않아요……, 네……."

……뭘 그렇게 쑥스러워하면서 실실대고 있는 거죠?

"어흠."

나는 성큼성큼 다가가 렌즈 앞으로 끼어들었다.

"지금은 휴식 시간이에요. 누구를 찍으려고 카메라를 가지고 온 거죠?"

내가 카메라를 향해 그렇게 말하자 나와 료를 번갈아 본 요시나가 씨가 씨익 웃었다.

"어, 아, 그런 거야? 그런 거야? 으아아. 미안해, 히메지 양. 그럴 생각은 없었어. 진짜미, 진짜미."

요시나가 씨는 두 손을 한데 모으고 애교 있게 사과했다.

'진짜미'는 아마 '진짜 미안해'라는 말을 줄여 말하는 거라 생각하고 있다.

대형 휴대 물통에 든 보리차를 마시려고 종이컵을 두 개 챙겼다.

"밀착 취재라면서 왜 입구에만 서 있는 거죠?"

료는 카메라를 든 채 렌즈만으로 나를 좇고 있다.

나는 불만이 섞인 한숨을 토해냈다.

컵에 따른 보리차를 마시고 있자니, 야스다 씨가 말을 걸었다.

"고생했어~, 아이카."

"고생 많으셨어요."

"아, 이거, 내 거야? 땡큐~!"

"어, 아니, 저기."

보리차를 따라서 다른 손에 들고 있던 종이컵을 순식간에 뺏겨버렸다.

야스다 씨는 가벼운 분위기가 장점이지만, 내가 보기에는 경박한 인상이었다.

"오늘 연습 끝나고 뭔가 일정 있어?"

"아뇨……, 딱히."

"밥 먹으러 가자. 내가 살 테니까."

"아, 죄송합니다. 볼일이 생각났어요."

"그런 거짓말하지 말고~. 주연들끼리잖아. 사이좋게 지내자고."

"무대 위에서 사이좋게 보이기만 하면 되는 거 아닌가요……."

"어설프네, 그런 부분이 연기에도 영향을 끼치거든~? 어색하다고 해야 하나, 보는 눈이 있는 사람이 보면 들켜버릴 거라고."

그, 그런 건가요?

"한 시간만. 한 시간만 내주면 되니까."

"저기……."

"이탈리안, 이탈리…………, 응? 뭘 찍는 거야?"

야스다 씨가 카메라를 든 채 접근한 료를 눈치챘다.

언제 온 걸까.

"아, 아뇨, 밀착 카메라라서요, 신경 쓰지 마시고 계속 이야기 나누세요. 이탈리안, 좋네요."

"어? 따라오게?"

"아, 네. 히메지……, 히메지마 양을 밀착 취재해야 해서요."

"…………."

야스다 씨는 의욕이 사라졌는지, 마음에 들지 않는다는 듯이 한숨을 쉬고는 아무 말도 하지 않고 그곳을 떠나갔다. 그를 바라보던 료가 들고 있던 카메라를 내렸다.

"이런 상황은 굳이 찍을 필요 없을 텐데요."

"안 찍었어. 들고만 있었을 뿐이니까."

"사이좋게 지내는 게 낫다고 했어요. 어색하면 연기에도 영향을 끼치니까, 라고요……."

"그래서 따라가는 게 좋았을 거라고?"

"네."

나는 그렇게 마음에도 없는 말을 했다.

나는 사이좋게 지내고 싶은 사람하고만 사이좋게 지내고 싶다.

"음~. 나는 연기에 대해서는 잘 모르지만……, 왠지 히메지가 싫어하는 것 같은 표정을 짓고 있길래."

어째서, 이 사람은……, 그런 것만 눈치채는 걸까요.

"료는 알아볼 수 있다는 건가요? 제 표정을요."

"렌즈 너머로 계속 보고 있었으니까. 착각한 거라면 진짜미."

그 단어가 써먹기 편하다는 건 알겠지만, 요시나가 씨와 이야기를 나누던 모습이 떠올라서 발끈했다.

"진짜미는 무슨!"

"화내지 말라고. 미안하다니까."

"정말! 껄끄러워져 버릴지도 모르잖아요."

그런 건 딱히 아무래도 상관없는데, 본심과는 다른 말을 무심코 내뱉어버렸다.

"미안해. 내가 잘못했어."

"이제 필요 없으니까, 이거 드릴게요."

보리차가 든 종이컵을 건네려 하자 그가 곧바로 거절했다.

"내가 따라 먹을 테니까 괜찮아. 필요 없어."

"제 호의를……."

"너무 조촐한 호의잖아. 한 모금 남은 보리차라니……, 적어도 다시 따라주기라도 하라고."

"마시고 싶으면 얼른 마셔요. 이제 곧 휴식 시간이 끝나니까요."

나는 그 컵에 보리차를 따라서 료에게 건넸다.

료는 종이컵을 보고는 끄트머리 부분을 빤히 바라보며 빙글빙글 돌렸다.

"신중하시네요. 아무리 저하고 간접 키스를 할 기회라고 해도."

"안 하게끔 조심하는 거야."

"중학생 같네요."

"시끄러워."

아, 이제 모르겠다, 그렇게 자포자기한 료는 적당한 곳에 입을 대고 종이컵에 담긴 보리차를 마셨다.

"나머지도 열심히 해."

"굳이 말할 필요도 없어요."

좀 전과 비교해서 의욕이 더 강해졌다는 게 느껴졌다.

어쩌면 나는 스스로 생각하는 것보다 단순한 건지도 모르겠다.

⑦ 츤데레 화산

히메지의 밀착 취재가 끝나 편집 작업에 들어갔다.

프로에게 외주를 줄 거라고 들었는데, 예정대로 진행되지 못한 모양이었다.

"말도 안 돼, 그 양반. 블랙 리스트에 넣어주겠어."

화를 잘 내지 않는 마츠다 씨도 그때만은 짜증을 억누르지 못했는지 계속 다리를 떨고 있었다.

아무래도 그 말도 안 되는 사람이 밀착 영상을 마무리할 프로 프리랜서였던 모양이었다.

"괜찮은 건가요? 영상 쪽."

"사흘 뒤에는 곳곳에 보낼 예정인데……, 대신 맡아 줄 사람을 구할 수가 없거든……."

마츠다 씨는 한숨을 쉰 다음, 어깨를 축 늘어뜨렸다.

대신 맡아 줄 사람이 별로 없구나.

"이 업계는 어느 정도 실력만 있으면 의외로 여기저기서 데리고 간단 말이지. 물론 성실한 사람이 제일이긴 해. 이번처럼 기한만 없었다면 맡아 줄 사람도 있었겠지만……."

마츠다 씨가 나를 힐끔 보았다.

"큥……, 해볼래?"

"네?"

"이제 당신밖에 없어……! 해보렴, 아니, 해줘!"

눈이 진심이었다.

"어어어어."

너무 뜬금없는데. 게다가 이건 히메지를 알리기 위한 PV잖아? 초보인 내가 맡아도 되는 건가?

"책임이 너무 무겁지 않나요?"

"무슨 일이 생기면 내가 책임을 질 테니까."

"우와, 장난 아니네. 남자다워."

"남자답다고는 하지 말아줘! 훈남이라고 해주렴."

"죄송합니다."

뭐가 다른 거지? 남자라는 단어가 문제인가?

"내 사무소에 이런 아이가 있고, 이런 활동을 하고 있어요, 그렇게 명찰 대신 쓸 물건이니까―――."

"그럼 굳이 사흘 뒤가 아니더라도."

"안 돼애. 그라비아 내부 오디션이 있으니까."

그, 그라비아?!

바다에 갔을 때 본 히메지 모습이 떠올랐다.

"……."

나는 고개를 마구 저으며 그 모습을 떨쳐냈다.

"그, 그라비아 같은 것도, 하나요……?"

"만화 잡지 표지나 월간지에 넣을 거야. 본 적 있잖니?"

"히메지가 하고 싶다고 한 건가요?"

"정말, 바보구나? 지금 여배우로 대성공한 그 애나 이 애도 처음에는 그런 것부터 시작했단다."

마츠다 씨는 손가락을 꼽으며 구체적인 이름을 들었다.

나도 알고 있을 정도로 유명한 여배우나 탤런트들이었다.

"그래도 진짜 목적은 필키스 광고지만 말이지. 그게 사흘 뒤야."

필키스……! 나도 좋아하는 유산균 주스다.

필키스는 젊은 청순파 계열 여배우의 등용문이 되는 경우가 많다――고 버라이어티 프로그램 같은 곳에서 말하는 걸 들은 적이 있다.

"책임이 너무 무거운데요."

"밑져야 본전이니까, 이런 건. 탈락했다고 해도 신경 쓸 필요 없어. 내부 오디션 같은 건 정식으로 결정될 때까지는 아이카에게도 말하지 않으니까."

그렇게 말해주니 나도 마음이 편해졌다.

"숫자로 밀어붙이는 거야. 응모에 돈이 드는 것도 아니고, 정자 올챙이나 마찬가지거든."

"갑자기 리얼한 음담패설을 하지 말아주세요."

"다시 하던 이야기를 하자면, 큥이 만들고 있는 영화처럼 길지 않아도 돼. PV니까. 5분 정도면 되려나?"

"5분요? 사흘 안에?"

"꽤 힘들지도 모르겠지만, 이제 큥밖에 없거든."

"그 정도 길이로 사흘이라면 할 수 있는데요."

"――어머나아아아아아아아, 훈나아아아아아아아아아암."

"마츠다 씨가 원하는 퀄리티가 나올지는 몰라요. 물론 최선은 다하겠지만요. 그래도 괜찮으신가요?"

마지막으로 확인하자 마츠다 씨는 각오를 다진 듯한 표정으로 고개를 끄덕였다.

"나도 자잘하게 체크할 테니까, 수정할 부분이 생기면 말해줄게."

"알겠습니다. 열심히 해볼게요."

그렇게 나는 히메지의 PV도 만들게 되었다.

마츠다 씨가 써줬으면 하는 장면을 이것저것 말해주었기에 그것들을 메모해 나갔다.

마츠다 씨는 자신이 생각하고 있는 이미지와 비슷한 영상을 보여주었고, 나는 그걸 참고하며 편집을 해나갔다.

아마 수정도 하게 될 테고, 마감 기간에 아슬아슬하게 맞춰서 만드는 건 바람직하지 못할 것 같았기에 집에 돌아가서 PV 작업을 하기로 했다.

학교 축제 영화 쪽은 아직 여유가 있으니 PV를 우선한다.

"오빠야, 뭐 하고 있어~? 이제 곧 날짜가 바뀌는데~?"

파자마 차림인 마나가 내 방에 고개를 내밀었다.

"아. 지금은 다른 작업을 좀 하고 있어서."

안으로 들어온 마나가 컴퓨터를 들여다보았다.

"오빠야……, 뭐 하는 거야……, 아이잖아, 이거……."

낮은 목소리였다.

힐끔 올려다보니 마나가 눈을 흘기며 경멸하는 눈초리로 나를 바라보고 있었다.

"응, 히메지의 영상을 지금———."

"도촬이잖아! 스토커잖아! 오빠야, 바보! 멍청이! 동정 도촬마!"

"잠깐! 오해야! 내 말을 좀 들어봐!"

"아이한테도 말할 거고, 마마한테도 말할 거야! 겨, 겨, 경찰에도."

"이건 히메지도 알고 있는 거니까."

"아이가, 내가 모르는 동안 이상한 성벽에 눈을…… 심지어 오빠야가 그걸 돕고 있어."

"아니야아———!"

화를 내다가 충격을 받다가, 매우 바쁜 마나의 폭주를 멈추는데 한 시간 정도가 걸렸다. 그제야 마나는 겨우 설명을 제대로 들어주었다.

"그랬구나. 에헷. 진짜먀네."

진짜먀네는 또 뭐야. 진짜로 미안해라는 건가?

"어흠. ———오빠야, 꽤 하네."

좀 전에 오해한 걸 만회하려는 듯 매우 밝은 미소였다.

스토커에 도촬마라고 해놓고, 내가 맡게 된 중대한 역할에 대해 듣자마자 쉽사리 손바닥을 뒤집는군.

"그렇게 된 관계로 지금은 그 작업을 하고 있는데……."

"보여줘, 보여줘, 얼마나 됐는데?"

나는 작업이 끝난 30초 정도의 영상을 재생시켰다.

"……엄청 귀엽네, 아이."

마나가 조용히 중얼거렸다.

그렇다면 촬영도 편집도 제대로 됐다는 건가.

"오빠야가 찍어서 그런가? 그럼 오빠야는 항상 이런 아이를 보고 있는 거구나."

"이런 아이라니……, 전부 똑같은 아이잖아."

"나나 히나에게 보여주는 표정하고는 조금 다르거든."

나는 마나가 말한 표정을 본 적이 없고, 비교도 할 수 없었다. 차이를 알 리가 없다.

다시 작업을 시작하려 하자 마나는 '오빠야, 힘내' 하고 손키스를 연달아 날리며 방에서 나갔다.

"내게만 보여주는 표정, 이라……."

내게만━━.

자의식과잉일지도 모르겠지만, 역시 그 핸드 사인은━━━ 내게 보낸 것 아닐까.

사흘의 작업 기간을 거쳐 히메지의 PV를 다 만들었다.

그만큼 집중해서 만들었냐 하면 사실 그건 아니었고, 여름방학 숙제도 짬짬이 했다.

다행히 마츠다 씨의 요청사항을 듣고 약간 변경하긴 했지만, 결과물에 크게 수정한 부분은 거의 없었다.

어떤 물건이 나왔는지는 이 반응을 보면 알 수 있을 것이다.

"괜찮다. 괜찮다아~."

중간중간 확인했던 마츠다 씨도 사장실에서 소리를 지르며 기뻐하고 있었다.

이런 반응을 보여줄 줄은 상상도 못 했다.

"이제 그쪽에도 보낼 수 있겠네. 덕분에 살았어, 쿵. 고마워."

"저야말로요. 이런 일을 맡아보는 것도 쉽지 않은데 좋은 경험이 되었네요."

마츠다 씨가 가방을 뒤적인 뒤 커다란 장지갑에서 지폐를 쑥, 빼들었다.

"이번 보수야. 제대로 봉투에 담아주지 못해서 미안해. 받아주렴."

만 엔짜리 지폐가 다섯 장 있었다.

"아니, 이렇게 많이 받아도 되는 건가요?"

"정당한 대가야. 상식도 모르는 그 빌어먹을 녀석에게 맡겼다면 더 많이 들었을 테니까. 그걸 감안하면 싸게 먹혀서 고마울 정도지."

야스다 씨는 연락을 끊은 것에 대해 엄청나게 앙심을 품고 있는 것 같았다.

"촬영 쪽은 공짜로 해준 거고, 급행료까지 감안하면 5만 엔도 정말 저렴한 거거든?"

"그런가요?"

"스킬은 비싸게 팔려무나. 자신이 있든 없든 말이야."

스킬……

나는 그 말을 듣고 용기를 내서 보수를 받았다.

"감사합니다. 이렇게 많은 돈을 받은 건 처음이에요. 집에 가다가 잃어버리면 어쩌지?"

"어머나, 귀여운 말도 하네."

마츠다 씨는 쿡쿡 웃고는 다시 자기 업무를 보려 했다.

하지만, 이야기가 끝났는데도 내 자리로 돌아가려 하지 않는 나를 보고 눈을 들었다.

"왜 그러니?"

"마츠다 씨. 그 이야기, 거짓말 아닌가요?"

"그 이야기라니?"

"라이브 중에 히메지가 보내던 사인 말이에요."

"'좋아해'를 나타내는 의미잖니."

"……저, 물어봤거든요. 히메지에게."

"뭐라고 했는데?"

"마츠다 씨에게 그렇게 말한 적은 없다던데요."

어째서 물어보면 금방 들통날 거짓말을 하는 걸까.

어렴풋이 기억하고 있는 그 사인의 의미.

내 기억은 매우 의심스러웠기에 꽤 망설였지만, 이번 밀착 취재가 끝나갈 때쯤 각오를 다지고 히메지에게 물어본 것이다.

'[좋아해]라는 의미라고요? 허? 아닌데요.'

내가 그렇게 기억하고 있다고 착각한 히메지는 갑자기 기분이 나빠졌었다.

'아니, 아니, 내가 그렇게 생각한 게 아니라 마츠다 씨가 그런 의미라고 해서.'

'다른 사람에게 말한 적은 없어요. 그 사인이 어떤 의미인지.'

아이카의 공식 답변은 '사인 자체에는 의미가 없다'였다.

당시에는 어떤 의미였는지 내가 답을 맞추자 토라졌던 히메지는 다시 원래대로 돌아왔다.

마츠다 씨는 일을 멈추지도 않고 슬쩍 사과했다.

"그럼 내가 잘못 기억하고 있었나 보네. 미안해."

"아뇨……."

나도 다른 사람에게 뭐라고 할 입장은 아니기에 잘못 기억한 것에 대해서는 따질 수 없다.

하지만 저번에 마츠다 씨가 그런 부탁을 해서 그런지, 약간 그런 의지 같은 게 느껴졌다.

"히메지하고 연인이 되라는 이야기도 거절할게요."

애초에 제3자에게 들을 만한 말이 아니었다.

"아이카를 꽤 신경 쓰고 있는 건 맞잖니."

"그야, 뭐."

"다시 한번 말하지만, 네가 그 제안을 받아들이면 아이카도 기뻐해 줄 거야."

"본인은 뭐라고 하는데요?"

"그 애가 그런 말을 할 리가 없잖아. 그래도 알 수 있단다. 밀착 취재한 영상을 봐도 네게만 보여주는 표정을 짓고 있거든. 그게 사랑이 아니면 대체 뭘까?"

마나도 내게만 보여주는 표정이라고 했었다.

"그럴지도 모르겠지만……, 본인이 없는 곳에서 이런 이야기를 하는 건 뭔가 아니다 싶어서요. 죄송합니다."

"젊구나."

나는 다시 '죄송합니다'라고 사과했다.

"지금은 그 정도까지는 아닐지도 모르겠지만, 관계가 점점 가까워지면서 사랑에 홀딱 빠지면 그것도 나름대로 해피 엔딩일 것 같지 않니?"

"……."

히메지는 기뻐할 거라고, 마츠다 씨는 말했다. 하지만 본인이 그걸 받아들인 건 아니다.

내가 떨떠름한 반응을 보이는 걸 눈치챈 건지, 마츠다 씨가 에휴~ 하며 어이없다는 듯 한숨을 쉬었다.

"좋아한다느니 아니라느니 주절주절거리면서 생각할 수 있는 건 지금뿐이란다. 특히 아이카는 언제 바빠지게 될지 모르는 상황이고."

턱을 괸 채 나를 올려다보는 마츠다 씨.

"뭐, 됐어. 억지로 강요할 생각은 당연히 없으니까 안심하렴. 그럴 생각이 전혀 없는 것도 아닌 모양이니까, 천천히 생각해 나가면 될 거야."

사귀어서 연인이 된 히메지를 상상해 보았지만, 아직은 마치 안개가 낀 것처럼 이미지가 또렷하게 떠오르지 않았다.

"사랑은 멋대로 자라나는 경우도 있지만 키워나가는 사랑도 있어, 쿵. 기억해두렴."

……뭔가 심오한 말이네.

그렇게 업무 시간이 끝났고, 나는 사장실을 나섰다.

지갑에는 임시 수입도 있으니 항상 신세를 지고 있는 마나에게 뭔가 사다 줘야겠다.

◆Side Another◆

아르바이트를 마친 료를 자기 자리에서 배웅한 마츠다는 다시 한숨을 한 번 쉬었다.

그가 만들어준 PV를 다시 한번 확인해 보았다. 몇 번을 봐도 완성도가 좋고 만족스러운 영상이었다.

그가 만든 영상에는 분명 날카로운 감성이 있다. 아직 미숙한 점도 많지만, 전망이 있다.

본인에게 아직 기술이 없기 때문에 그의 성격 같은 것이 직접적으로 반영된 것처럼 보였다.

하지만 그에게는 날카로운 감성과는 달리 극단적으로 둔감한 면도 있다.

특히 자신에게 쏠리는 호의적인 감정에 대해서.

아마 호의를 직접 전한다 해도 간단히 믿으려 하지 않는 타입이겠지.

그러한 인재 중에는 어딘가 빠진 구석이 있는 사람이 많다. 그렇다면 이해가 된다.

"큥은 크리에이터 스타일이구나, 완전히."

마츠다는 조용히 중얼거린 다음, 휴대폰을 들고 전화를 걸었다.

"아, 여보세요~? 아이카, 고생이 많아."

『고생 많으시네요. 무슨 일이시죠?』

수상쩍어하는 그녀의 목소리를 들은 다음, 밀착 취재 영상이 완성되었다는 걸 설명하고 수고를 치하했다.

"잘 만들어졌어. 쿵 덕분에 말이지."

『그렇군요. 다행이네요.』

"있지, 아이카. 뻔히 보이거든?"

『뭐가요?』

시치미 떼기는, 정말, 마츠다는 마음속으로 그렇게 생각하며 핵심을 찔렀다.

"너, 쿵을 너무 좋아하잖니, 완전히 사랑에 빠졌잖아."

『어. ──아, 아, 아니에요오오오!』

귓가에서 소리를 지를 거라 예상하고 휴대폰을 슬쩍 떼어낸 덕분에 고막에 가해지는 충격을 완화할 수 있었다.

핵심을 찔려 갈라진 목소리가 연달아 울렸다.

"츤데레 화산을 폭발시켜버렸네."

그렇게 조용히 말해봐도.

『어딜 봐서요! 뭐가요! 전혀 그렇지 않아요. 전혀 그렇지 않다니까요!』

그렇게 마구 소리를 지르고 있는 아이가 들을 수 있을 리가 없었다.

"그렇게 좋아죽는 표정을 지었으면서……. 은근히 밝히는 여자구나, 정말."

『누가 으, 으, 은근히 밝힌다고요?』

"아이카, 나는 말이지. 네가 쿵이랑 연인이 되어서 사귀었으면 했어."

『네……? ──어, 어째서 제가 료하고, 사, 사, 사귀, 사귀어야만 하는 건데요!』

다른 사람이 자기 마음의 밝은 부분을 지적하면, 본인은 어두운 말로 대꾸한다.

마츠다는 이 애도 나름대로 까다롭네, 하는 말을 집어삼켰다.

골치 아픈 애들끼리 잘 어울리는 것 같기도 하다.

"이제 나는 몰라. 청춘을 즐길 수 있는 건 지금뿐일지도 모르는데. 무대가 성공하면 일이 점점 많이 들어와서 지금 같은 생활은 못 할지도 모르잖아?"

방금 한 말은 효과가 있었는지 '끄으으……'라고 이상한 신음 소리만 돌아올 뿐이었다.

"딱히 의미 없던 그 사인도 '좋아해'라는 의미라고 해버리면 되는데. 딱히 틀린 것도 아니잖니. 왜 잘 써먹지 못하는 거야."

『료에게 적당한 말로 이상한 걸 가르치지 마세요.』

"그 사인, 사실은 어떤 의미였는데?"

마츠다가 묻자 그녀는 딱 잘라서, 하지만 왠지 기쁜 듯한 말투로 이렇게 말했다.

『비밀이에요.』

"어머, 즐거워 보이는 것 같아서 다행이네. ……지금 같은 생활이 앞으로도 계속 이어질 거라 생각하진 마, 아이카. 들이받을 수 있을 때 들이받지 않으면 후회할 테니까."

『네, 네, 네, 알겠어요, 알겠어요. 정말 고생 많으셨습니다아!』

그녀는 자포자기한 듯이 말하고는 곧바로 통화를 뚝 끊어버렸다.

의자 등받이에 몸을 기댄 마츠다는 한숨을 쉬며 쓴웃음을 지었다.

"손이 많이 가네, 정말."

손이 많이 가는 아이일수록 귀엽다는 건 분명 이런 경우일 것이다.

⑧ 기념일

쇼핑이라면 이곳, 하마야 역 근처.

"오빠야, 이번에는 저쪽 가게 가보고 싶어!"

마나가 손가락으로 한쪽을 가리키고 성큼성큼 걸어갔기에 나도 빠른 걸음으로 쫓았다.

"그렇게 서두를 필요 없잖아. 그리고 오빠야라고 부르지 마."

"뭐 어때. '오빠야'가 더 귀엽지 않아?"

귀엽나?

얼른, 얼른, 마나는 그렇게 말하며 내 팔을 붙잡고 재촉했다.

폭력적인 자외선 아래에서, 나는 마나와 쇼핑을 하러 와 있었다.

나는 영화 작업을 하고 싶었기에 외출할 생각이 전혀 없었다. 덥기도 하고, 딱히 사고 싶은 것도 없고.

반면 태양과 베스트프렌드인 듯한 마나는 쨍쨍 내리쬐는 햇살을 딱히 신경 쓰지도 않는 듯이 평소처럼 기운이 넘쳤다.

"고등학생이나 되어서 여동생하고 쇼핑이라니⋯⋯."

창피하단 말이지, 가족하고 같이 다니는 거.

그렇다고 다른 누군가랑 외출할 기회가 많은 건 아니지만.

"뭐가 싫은데~. 호감도가 올라간다니깐."

"어째서."

"가족에게 자상한 사람은 인기가 많다. ⋯⋯아마도."

"별로 인기 끌고 싶은 생각도 없어."

"오빠야는 사춘기를 어디에다 두고 와버린 거야?"

이런 녀석도 있는 거라고.

상가에 도착해 마나를 따라 에스컬레이터를 타고 위쪽으로 계속 올라갔다. 에어컨이 틀어져 있어서 땀도 겨우 멎었다.

"여기, 여기."

음표라도 떠오를 것 같은 말투로 그렇게 말한 마나가 눈독 들이던 가게로 들어갔다.

마나가 좋아할 것 같은 갸루 계열 패션을 주로 다루는 가게였다. 점원분도 갸루 같은 사람이었고, 화장도 갸루처럼 제대로 했다.

"그럼 나는 저기서 쉬고 있을게."

내가 약간 떨어진 곳에 있는 벤치를 손가락으로 가리키자, 마나가 '오빠야도'라면서 내가 도망치지 못하게끔 팔짱을 낀 채 가게로 들어갔다.

"난 있어봤자 방해만 된다니까."

가게 안은 그렇게 넓지 않다. 손님이나 점원분도 전부 갸루뿐이라서 일반적인 가게보다 몇 배는 더 껄끄럽다.

"기념일."

"큭……, 알겠어."

이 녀석, 내 조종 방법을 익히기 시작했구나?

마나는 여기 오기까지 그 주문을 벌써 세 번이나 써먹었다.

어젯밤, 촬영도 하지 않고 딱히 이렇다 할 일정도 없다는 걸 내게 확인한 마나는 같이 쇼핑하러 가자는 이야기를 꺼냈다.

Illustrations copyright © Fly

평소였다면 끝까지 의견을 고집했겠지만, 마나가 결정타를 날렸다━━━.

"나, 내일 생일이야."

"축하해."

반사적으로 나온 말이라 감정은 요만큼도 담기지 않았던 것 같다.

"내일이라니까. 그러니까 같이 쇼핑하러 가줘."

"……축하해줄 친구도 없는 거야?"

"있거든?"

"그럼 그 애들이랑 해피한 버스데이를 보내면 되는 거 아닌가……."

"내 열다섯 살 생일, 축하 안 해줄 거야?"

슬픈 듯이 나를 빤히 바라보았기에 나는 항복한다는 의미를 담아 두 손을 들었다.

"소중한 여동생의 생일을 오빠도 축하하게 해줘~."

억양도 감정도 없는 국어책 읽기 같은 말이었지만, 마나는 그래도 기뻤는지 제자리에서 살짝 뛰어올랐다.

"앗싸. 어쩔 수 없으니까 축하하게 해줄게♡"

어디 갈지 멍하니 생각하고 있자니 마나가 마침 생각났다는 듯 내게 말했다.

"오빠야, 사랑해애~."

"그래, 그래."

━━그렇게 된 관계로, 여동생의 생일이 오늘이다.

마나는 자기 뜻에 어긋나는 일이 생기면 마법의 주문을 써먹으며 자기 마음대로 해나가고 있다.

감사와 축하의 마음을 담아서, 오늘은 그냥 완전히 복종해줘야겠다. 밥도 여름방학에 들어선 뒤로는 매끼를 챙겨주고 있고, 촬영 때문에 일찍 일어나야 할 때는 깨워주니까. 마침 임시 수입도 들어왔다.

점원분과 친근하게 뭔가 이야기를 나누던 마나가 옷걸이를 들고 고민하기 시작했다.

"앗, 아까부터 있던 이 사람, 마나 남친?"

점원분과 눈이 마주치자 바로 그런 착각을 해버렸다.

"아뇨, 아닙."

마나가 부정하려던 나를 가로막고 고개를 힘껏 끄덕였다.

"맞아."

맞아는 무슨.

"남친 비슷한 거."

비슷한 거?!

"마나 남친은 어떤 사람일까 싶었는데~, 내가 생각하던 느낌은 아니었네~?"

"뭐, 그렇지. 난 껄렁대는 걸 싫어하니까."

"그렇구나~. 남친분은 전혀 껄렁대지 않을 것 같으니까~."

으음, 으음, 나는 그렇게 흔들인형처럼 고개만 끄덕이고 있었다.

타카모리 료와 껄렁댄다는 반의어라고 사전에도 나와 있으니까요. 네.

"좋겠다아, 데이트."

"그치~?"

에헤헤, 마나는 쑥스러운 듯이 그렇게 웃었다.

마나는 고른 옷을 입어보기 위해 안쪽에 있는 시착실로 들어갔다.

마나는 같이 와주기만 해도 된다고 했다. 딱히 뭔가 조르지도 않았고, 사달라고 강요하지도 않았다.

제일 먼저 여기로 왔고, 점원분하고도 나름대로 사이가 좋은 걸 보니 마음에 드는 가게라는 뜻이겠지…….

"저기, 점원분."

"왜요~?"

"마나에게 어울릴 만한 액세서리가 있을까요?"

점원분은 뭔가 눈치챘다는 듯한 표정을 짓고는, 입가를 실룩이며 액세서리 코너로 나를 안내해 주었다.

"지금 사려는 옷에 어울릴 만한 건———."

몇 개를 추천받은 뒤 어떤 옷에도 잘 어울릴 거라는 은팔찌를 몰래 샀다.

잠깐 잡담을 나누고 있자니 쇼핑백을 들고 돌아온 마나가 싸늘한 눈초리로 바라보고 있었다.

"뭐 하고 있는 거야."

"잠깐 이야기를 했을 뿐이야."

"흐응~?"

의심하는 눈초리였다.

눈여겨보던 옷을 몇 벌 산 마나와 가게를 나서려 하자 그 점원 분이 가게 앞까지 배웅하러 나왔다.

"남친분, 마나는 정말 착한 아이니까 소중히 여겨주세요."

"그, 그런 건 됐어~!"

마나가 급하게 점원분의 이야기를 가로막으려 했다.

"그래도오. 마나는 귀여워서 인기가 많을 것 같은데, 남자가 있 는 낌새를 전혀 보이지 않아서~."

"그, 그렇긴 한데……. 또 올게!"

마나는 그렇게 말하며 억지로 떠나려 했다.

나는 점원분에게 한 마디 해두었다.

"마나가 착한 아이인 건 아마 제가 제일 잘 알고 있을 테니 괜 찮아요."

"윽!"

찰싹, 마나가 내 어깨를 때렸다. 민망한 건지 얼굴이 묘하게 빨 갰다.

"무슨 말을 하는 거야, 오빠야. 자, 가자, 얼른."

마나는 마치 애완견을 재촉하듯이 그렇게 말했다.

내려가는 에스컬레이터를 타자 한 계단 아래에 있던 마나가 이 쪽을 돌아보았다.

"갑자기 무슨 말을 하나 싶어서 깜짝 놀랐잖아."

"걱정 끼치는 것보다는 낫지 않아?"

마나는 그렇긴 한데, 하며 화가 난 듯이 눈살을 찌푸렸다.

"미리 말해두지만, 나 말고 다른 갸루는 안 되니까!"

그 제약은 대체 뭔데.

나는 어이없다는 듯이 한숨을 쉬었다. 맞다, 잊기 전에 줘야지.

"마나, 이거."

좀 전에 사서 가방 속에 숨겨두었던 액세서리를 봉투째로 꺼내서 마나에게 건넸다.

"생일 축하해."

"어?! 이게 뭐야, 이게 뭐야!"

받아든 마나는 안을 확인해보고 소리 내어 감탄했다.

"어어어어~! 엄청 좋다아~! 엄청 내 취향이야, 엄청 좋다아~!"

똑같은 말을 두 번 반복한 마나는 눈을 반짝이며 흥분한 상태였다. 엄청이라는 말을 엄청 하고 있다.

점원분에게는 정말 고맙다는 말밖에 할 말이 없다. 내년에도 마나가 갸루에서 벗어나지 않는다면 또 신세를 져야겠다.

"오빠야, 사랑해애."

신이 난 마나가 내 허리 근처를 끌어안았기에 떼어놓았다.

"그만해. 사람들이 보잖아."

네에~, 그렇게 말하며 신난 마나는 곧바로 내가 사준 액세서리를 팔에 차고 볼을 실룩이더니 한동안 바라보고 있었다.

⑨ 흔들림과 콤플렉스

히메지의 PV 제작이 마무리되고 학교 축제 때 상영할 영화 촬영도 끝이 보이게 됐다. 결국 나는 내키지 않는 싸움에 뛰어들 수밖에 없게 되었다.

"료 군, 그건 말이지———."

오늘도 후시미가 내 방에 와서 숙제를 봐주고 있었다.

히메지는 무대 연습을 한다고 했고, 토리고에는 숙제를 한다는 걸 알고는 곧바로 손바닥을 뒤집으며 볼일이 생각났다고 했다. 덕분에 나는 히나 선생님에게 맨투맨 지도를 받고 있었다.

화물 보관소가 되어 있던 공부용 책상을 정리한 다음, 나는 물론이고 후시미도 의자를 가지고 와서 자기 문제집을 펼쳐두고 있었다.

"후시미는 뭔가 다른 거 안 해?"

"다른 거라니, 어떤 거?"

손을 멈추고 이쪽을 보는 후시미.

"히메지는 지금 무대 연습을 하고 있으니까. 오디션은 그것만 있는 게 아니잖아?"

"응. 잔뜩 있어. 연기가 아니더라도 사무소 소속 오디션 같은 것도 있으니까."

사무소나 오디션 같은 말을 들으니 이제야 연예인이 되려는구나, 하는 느낌이 들었다.

히메지는 다시 만났을 때 이미 데뷔한 상태였으니 그런 실감이 별로 들지 않는다.

후시미는 마츠다 씨의 제안을 거절했지만, 역시 히메지와 잘 아는 사이니 같은 사무소에 들어가는 게 좋지 않았을까.

두 사람은 사이가 좋지만 뭔가 서로 라이벌로 보고 있으니까 히메지의 연줄을 써서 들어가는 것 같아서 싫은 건지도 모르겠다.

"그게 말이지~. 꽤 힘들거든~."

샤프를 움직이기 시작한 후시미는 아무렇지도 않게 계속 말했다.

"저번에도 그랬지만, 사무소 오디션이라는 것도 간단한 게 아닌 모양이라서~."

"……그렇구나."

후시미도 나름대로 움직이고 있긴 했던 모양이었다.

"음~. 아역 출신이라거나 극단에 소속된 것도 아니고, 연기 공부를 하고 있다는 것만으로는 그럴 수밖에 없지. 그런 애들은 정말 많을 테니까."

나는 후시미라면 뭐든지 잘 풀릴 거라 멋대로 생각하고 있었다.

……사실은 항상 이랬을지도 모른다.

나나 제3자는 후시미의 결과나 성과만을 보고 칭찬을 하지만, 그렇게 되는 과정을 지금까지는 전혀 알지 못했다.

아무도 모르는 참패와 노력을 쌓아온 결과——— 그 곁으로 드러난 부분만을 지금까지 봤던 건지도 모르겠다.

주인공력이니 뭐니, 왜 그런 생각을 해버린 걸까.

"후시미, 저기……, 기운 내!"

"우와, 료 군이 신경 써줬어!"

"그런 이야기를 들으면 신경을 쓸 수밖에 없지."

"그런 건 됐어. 내일은 축제니까 얼른 숙제를 열심히 해서 줄이자!"

"……네."

내가 난관에 부딪힐 때마다 후시미는 이것저것 힌트를 내주고 가르쳐주며 답에 도달하게끔 해주었다. 마나 못지않게 잘 돌봐주었다.

마나는 오늘 친구들과 수영장에 간 모양이라 아침부터 집을 비웠다.

어쩌다 보니 마나 이야기가 나왔다. 중학교 3학년인 마나는 올해 고등학교 입학 시험을 치르게 된다.

남매이긴 하지만 그런 이야기를 거의 하지 않았기에 나는 마나의 진로에 대해 전혀 아는 게 없다.

"마나, 우리 학교에 오면 좋을 텐데."

"그러게."

맞장구를 치면서 에어컨 전원을 켰다.

20분 정도 전에 후시미가 춥다고 해서 꺼뒀던 것이다.

"아~. 또 트네."

"겉옷 빌려줄게."

"그럼 좋아."

허락을 받았기에 봄에 자주 입는 얇은 셔츠를 옷장에서 끄집어 냈다.

후시미는 양판점에 있을 법한 티셔츠에 데님 재질 반바지 차림 이다.

그야 춥기도 하겠지. 그렇게 다리를 드러내고 있으니까.

하지만 마나가 외출할 때는 그렇게 입으라고 엄하게 명령을 내 린 모양이었다.

무난한 차림새라고 할 수도 있기에, 후시미가 마음대로 옷을 고르는 것보다 몇 배는 나을 것이다.

내가 셔츠를 휙, 던지자 후시미는 '으아아', 하고 당황하면서도 제대로 받아냈다.

"아, 이거 자주 입던 옷이네."

"용케도 기억하고 있구나."

후시미는 곧바로 셔츠를 입었지만, 소매가 한참 남아버렸다.

빙글빙글, 꼼꼼하게 소매를 걷던 후시미가 조용히 중얼거렸다.

"사이즈, 크네."

"그러게."

셔츠와 후시미의 언밸런스한 느낌이 묘하게 눈길을 끌었다.

"이제 오케이~."

내가 입던 옷을 후시미가 입는다는 게 왠지 신기한 기분이었다.

"하던 거 계속하자."

그녀가 재촉했기에 다시 자리에 앉아 숙제를 다시 시작했다.

"방학이 끝나면 모의고사가 있어, 료 군. 와카가 그러던데, 진로에 참고도 되니까――."

후시미는 매우 성실한 이야기를 시작했는데, 몸을 앞으로 숙이자 티셔츠의 느슨한 목 부분을 통해 쇄골이 보였다. 각도 때문에 그 너머가 더 드러날 것 같았기에 바라보면 안 되지만 눈을 돌릴 수가 없었다.

그 결과, 힐끔힐끔 보게 되었다.

성실한 후시미는 마나의 지시대로 날마다 이걸 입는 모양이었다.

아무리 생각해도 그 티셔츠는 늘어졌다. 게다가 목 부분이 처져서 더욱 느슨해졌다.

"료 군은 어떤 학교에 갈지 생각해봤어?"

"……."

계속 힐끔거리던 걸 기어코 들켰다.

후시미는 재빨리 셔츠로 몸을 가리며 움츠렸다.

"료, 료 군이, 가, 가, 가슴을 보고 있어?!"

"아, 아니야! 안 봤다고!"

"큰 가슴을 좋아하는 주제에."

후시미는 눈을 흘기며 입술을 삐죽댔다.

"아무도 그런 말은 안 했잖아."

"아이하고 왠지 사이가 좋잖아, 요즘 특히."

"아르바이트 때문에 엮일 일이 생겼으니까. 어느 정도는."

"ㅎㅇㅇㅇㅇㅇㅇㅇㅇ응?"

전혀 납득이 안 되는 모양이었다.

"나, 알고 있거든?"

"뭘."

"……아이만, 특별히 찍어서 동영상을 만든 모양이던데."

"사장님인 마츠다 씨에게 부탁받았으니까."

업무의 일환이며 보수도 확실하게 받았다고 설명했지만, 후시미는 불만인 모양이었다.

……왜 내가 혼나고 있는 건데.

"어떻게 안 거야, 그런 걸."

"아이가 엄처어어어어어어어어어엉 기뻐하면서 동영상을 보내줬으니까."

그렇구나. 히메지가.

잘 찍힌 모양이니까 평소처럼 찍어누르려 한 모양이다.

"어땠어?"

"진짜 귀엽더라, 아이."

"그렇구나."

"아앗~! 방금 기쁜 듯한 표정 지었어어어어어어어어어!"

"어느 정도는 기쁘지. 내가 찍은 걸 평가받았다고 생각했을 뿐이야."

"가슴도 크고 몸매도 좋고, 저, 노력하고 있어요, 반짝반짝! 그런 느낌이 엄청 들었단 말이야."

"가슴은 상관없잖아."

내가 히메지의 가슴만 노리고 있다는 듯이 말하지 말라고.

"아이만 찍어주면 치사하니까, 나도 찍어줬으면 좋겠어."

"이제부터 개인적으로 영화를 찍을 거니까 그거면 되지 않아?"

"그건 료 군 거잖아. 나한테도 좀 맞춰줘."

후시미는 불만이 대폭발한 것 같았다.

"맞춰주라니, 뭘?"

"나도 찍어줬으면 좋겠어."

그거라면 쉬운 일이지, 나는 그렇게 생각하며 숙제를 그만두어도 되는 구실을 잽싸게 낚아챘다.

하지만.

"……왜 수영복이야?"

잠깐만 기다려, 라는 말에 기다린 지 10분 뒤.

바깥으로 나가는 기척이 느껴지기도 했고, 시간으로 봐도 집에 다녀온 것 같았다.

방으로 돌아온 후시미는 수영복을 입고 있었다.

"부, 부끄러우니까, 료 군, 얼른 찍어줘."

"부끄러우면 굳이 갈아입을 필요는 없잖아."

나는 조용히 중얼거렸다.

방 안에서 바로 앞에 수영복을 입고 있으니 눈 둘 곳이 없어서 곤란하다.

하지만 후시미에게 맞춰주겠다고 했기에 그녀가 말한 대로 카메라를 준비한 다음, 녹화를 시작했다.

"시작했다."

고개를 끄덕인 후시미가 여배우 모드에 들어갔다.

슬쩍, 머리카락을 손으로 쓸어올리고는 침대에 누웠다.

다리를 천천히 움직이면서, 뒤쪽에서 찍고 있던 나를 돌아보고는 방긋, 미소를 지었다.

이게 뭐야.

이런 걸 찍어서 어쩔 셈인데.

"저기, 후시미 양. 방에서는 분위기가 안 사는데요."

"어어~? 미리 좀 말해줘어."

말해줘어라니, 이런 걸 할 줄은 몰랐다고.

"저기, 수영복 동영상 같은 걸 찍어서 어쩌려고 했던 거야?"

"SNS에 올려볼까 싶어서."

"……."

휴대폰을 들고 있던 후시미가 그걸 조작해서 화면을 보여주었다.

"봐. 이런 거. 엄청 주목받고 있잖아."

5초 정도 길이의 아이돌 수영복 동영상이었다.

수영복 차림으로 꺅꺅대며 놀고 있는 그 미소녀 동영상에는 '좋아요'가 만 단위로 찍혀 있었다.

이런 말을 하면 눈치 없는 걸지도 모르겠지만…….

"주목받고 있긴 한데, 그게 왜."

"갑자기 왜냐니……, 인기가 생길지도 모르잖아."

어라? 이런 말을 하는 녀석이었나?

내가 의문을 품고 있는 게 의아한지, 후시미가 고개를 갸웃거렸다.

"SNS의 팔로워도 중요한 것 같아서, 지금은 특히 여름이니까 이런 게 괜찮으려나~, 싶어서."

"중요하다니, 누가 그랬는데?"

"오디션 심사위원이."

후시미가 자신을 어떻게 평가하든, 내가 보기에는 성실하고 착한 애다.

혹시나 조언을 '너무 많이 들은 것' 아닐까.

"그런 걸 늘려봤자 오디션에 통과한다는 보장은 없잖아."

"그건 모르지. 료 군은 심사위원이 아니니까."

"그야 당연히 모르지. 그래도, 뭔가 아니지 않아? 후시미, 이런 걸 하고 싶었어?"

"하고 싶은 건 아니야……, 나도 나름대로 이것저것 생각하고 있으니까……."

목소리가 점점 작아졌다.

그 말투는 울상을 지을 때 보이는 특징이다.

내가 너무 엄하게 이야기했는지도 모르겠다.

반성한 나는 일단 카메라를 멈추고 생각할 시간을 만들 수 있게끔 책상 위에 올려놓았다.

"……후시미는 연기를 평가해주는 곳에 가고 싶다고 했잖아. 히메지네 사무소에 가지 않은 것도 그게 이유고. 그래서, 저번에 들었던 이야기하고 다르다고 생각했거든. 진짜로 이쪽 계열을 고려하고 있다면 응원할게."

마츠다 씨도 지금 유명해진 사람들이 예전에 그라비아에 출연했다고 했었다.

사전 준비라고 생각하면 오히려 정공법일 것이다.

하지만 아직 출발선에도 서지 않은 후시미가 그렇게 해봤자 효과가 과연 얼마나 있을까.

후시미는 아랫입술을 깨물며 고개를 숙이고 있었다.

"그래도……, 계속 합격이 안 되니까……."

울먹이는 목소리. 어깨가 살짝 떨리고 있었다.

나는 후시미가 나가기 전에 두고 갔던 셔츠를 그녀에게 걸쳐주었다.

"연기를 봐줬으면 하는데, 그런 게 아니라는 말을 들었어. 노래할 수 있어? 춤출 수 있어? 많은 아저씨들이 그렇게만 말하니까……. 아무리 열심히 해도 뭔가 아니라는 말만 듣고."

후시미는 내가 모르는 곳에서 싸우고, 싸우고, 싸우다가 상처를 입었다.

훌쩍, 하고 코로 소리를 낸 후시미의 머리를 쓰다듬어주자 그녀가 이쪽으로 몸을 기댔다.

후시미가 내 등에 팔을 둘렀다. 나는 그녀를 받아냈다.

"미안해. 하소연을 할 생각은 아니었는데……."

"괜찮아, 신경 쓰지 마."

"아이는 오디션에 합격했고, 무대 연습도 하고 있고…… 그런데, 나는———."

아, 그렇구나. 히메지랑…….

항상 경쟁하는 상대가 본격적으로 활동을 시작했다.

히메지와 후시미는 출발지점부터 다르니까 신경 쓸 필요 없는데. 그럼에도 소꿉친구이기에, 의식할 수밖에 없는 것이다.

흐읍, 후시미는 코로 숨을 들이마신 다음 눈가에 맺힌 눈물을 집게손가락으로 닦았다.

"다섯 군데를 봤어. 전부 떨어졌고. 아쉽다거나 그런 거 이전의 문제야."

"……그렇구나."

"아이랑 최종 심사까지 같이 남았던 그 오디션도 분명 우연이었을 거야. 나는 우물 안 개구리에 불과하고, 나 자신을 과대평가했고———."

"그렇지 않아. 우연히 그 사람들에게 보는 눈이 없었던 것뿐이야."

"료 군은, 보는 눈이 있어?"

기대를 담은 시선이 바로 앞에서 꽂혀 눈을 피할 수가 없었다.

"있지. 그건 후시미가 증명해줄 거야. 내게 보는 눈이 있다는 걸."

쿡쿡, 후시미가 미소를 지었다.

"뭐~? 뭐야 그게, 결국 나한테 떠넘기는 거네."

어떻게든 격려해줄 수 없을까 생각한 나는 휴대폰으로 어떤 여배우를 검색했다.

"후시미, 이거. 화장품 광고에 출연한 여배우도 꽤 늦게 빛을 본 모양이야."

인기가 폭발한 직후쯤에 버라이어티 프로그램에서 경력을 소개해준 걸 기억하고 있었다.

살아온 이야기부터 출연한 작품까지 나와 있는 페이지를 후시미가 조용히 읽었다.

"대학 재학 중에 극단 소속……, 오디션을 보기 위해 야간 버스로 도쿄까지 왕복……."

"그러니까, 초조해할 필요는 없을 것 같아."

"응. 고마워, 료 군."

발돋움한 후시미가 마치 흡혈귀처럼 내 목덜미에 키스했다.

"아."

"에헤헤."

원래대로 돌아온 모양이었기에 나는 가슴을 쓸어내렸다.

"모처럼 수영복 차림이니까 수영장 갈래?"

숙제 말고 다른 선택지라면 뭐든지 대환영이다.

"오랜만에 시립 수영장 어때?"

"정겹네. 그럼 잠깐 준비 좀 할게."

"오케이~."

고등학생 두 명이 시립 수영장에 가면 조금 붕 떠보일지도 모르겠지만, 상관없겠지.

기분 전환을 위해 같이 가주는 것 정도는 쉬운 일이다.

"아, 료 군. 나, 고글 안 가져왔어!"

"집에 가서 챙겨오면 되잖아."

Illustrations copyright © Fly

……아니, 진짜로 헤엄칠 생각이구나.

"그렇구나. 그렇긴 하네."

수영복과 수건, 휴대폰과 지갑, 집하고 자전거 열쇠.

그런 것들을 챙긴 걸 확인한 다음, 수영복 위에 사복을 걸친 후시미와 집을 나섰다. 고글을 챙기러 후시미네 집에 들른 우리는 내리쬐는 햇빛 아래에서 시립 수영장으로 향했다.

"있지, 있지, 승부하자, 승부. 25미터. 자유형으로."

"초딩 남자애나 할 말이네. 딱히 수영을 잘하는 편도 아니니까 거절하겠어."

신이 나서 제안하는데 미안하지만, 곧바로 거절했다.

나는 운동으로 후시미를 이긴 기억이 없다.

"어어~? 그냥 헤엄치기만 하면 재미없잖아."

"진짜로 헤엄칠 생각이구나……."

이것도 나름대로 기분 전환이 될 테니 괜찮은 건가?

"여름이 끝나기 전에 한번 제대로 실력을 내볼까 해서."

"어디에 힘을 쓰려는 거야."

이 지역 여름 축제는 오봉이 낀 주 토요일에 개최된다.

축제가 끝나도 2주 정도가 남긴 하지만, 숙제와 영화 촬영 때문에 촉박할 것 같았다.

"료 군 덕분에 올해 여름은 밀도가 높아."

"나도 마찬가지니까 상관없어."

마나는 시립 수영장에 가지 않았을 테니 마주칠 일도 없을 것이다.

"얼른, 얼른."

후시미가 그렇게 재촉했기에 나는 빠르게 걷기 시작했다.

접수처에서 요금을 내고 옷을 갈아입은 뒤 수영장 가장자리에서 후시미를 기다렸다. 근처에 사는 초등학생 아니면 나이 든 사람이 많았고, 고등학생이나 대학생 정도 되는 남녀는 보이지 않았다.

"뭐, 한창나이인 사람은 시립 수영장 같은 곳에 오지 않을 테니까."

여자애 한 명이 보이긴 했지만, 제대로 헤엄치는 걸 보니 자율 훈련 같은 걸 하는 분위기였다.

"아, 저거, 중학교 수영복인가?"

목소리를 듣고 돌아보니 수영복으로 갈아입은 후시미가 있었다. 영차, 영차, 준비 체조를 하고 있었다.

"아마도."

당시에는 후시미도 저걸 입고 있었지.

수영 수업 중에 같은 반 남자들은 다들 후시미를 보고 있었고, 교실에서 쌍안경으로 보던 간 큰 녀석까지 있었을 정도다.

응───?!

위화감이 든 나는 준비 체조 중이었던 후시미를 다시 돌아보았다.

"료 군, 준비 체조는 제대로 했어?"

"그런 건 됐고, 왜 중학교 때 입던 수영복을 입은 건데."

집에서는 다 같이 바다에 갔을 때 입었던 수영복을 입었는데.

지금은 왠지 모르겠지만 감색 학교 수영복을 입고 있다. 가슴팍에는 '후시미'라고 적힌 이름표가 붙어 있었다.

"헤엄칠 거면 이게 더 나을까 싶어서."

"수영에 대해서는 왜 그렇게 진지한 거야."

모범생이냐고. ……그리고 기억 속에 있던 몸매와 똑같으시네요.

몸의 라인이 드러나서 그런지 학교 수영복을 입으니 그 사실을 잘 알 수 있었다.

그때 이후로 성장하질 않으셨군요. 후시미 양.

여름인데도 그을리지 않은 하얀 다리와 날씬한 허벅지 쪽으로 눈길이 가버려서 급하게 눈을 피했다.

"료, 료 군……, 야한 눈으로 보지 말아주세요."

"아, 안 봤어!"

머뭇거리는 후시미로부터 도망치듯이 나는 수영장 안으로 들어갔다.

"료 군이 그렇게 본 적이 없으니까, 왠지 곤란하네……."

내가 얼마나 야하게 봤다는 건데.

"날씬하다고 생각했을 뿐이야."

"아이보다도?"

"그건 모르겠네."

"이럴 때는 그렇다고 해야 하잖아."

후시미는 불만인 모양이었다.

그렇게 대답하는 건 내가 히메지의 몸매를 확실하게 알고 있다는 뜻이잖아. 그쪽이 더 문제 아니야?

후시미도 수영장에 들어왔고, 우리는 잠깐 헤엄치다가 수영장 가장자리에서 쉬었다. 그러자 그 중학생으로 보이던 여자애가 헤엄치다가 멈추고는 수영장 가장자리로 올라왔다.

그 애는 수영 모자와 고글을 벗고 머리카락을 짰다. 예전에 본 적도 없고, 알지도 못하는 여자애였다.

중학생치고는 발육이 좋은 편이다. 또 야한 눈으로 본다고 지적당하지 않게끔 나는 곧바로 눈을 돌렸다.

옆에서 좀 전까지 꺅꺅대며 말하고 있던 후시미가 조용해졌다. 시선 끝에는 그 여자애가 있었다.

아……, 왜 입을 다물었는지 알겠네.

똑같은 수영복을 입었기에 가슴 차이가 더 돋보였다.

"저게, 주, 중학생……."

후시미는 좀 전까지 뻗고 있던 다리를 오므리고는 몸을 웅크렸다.

"료 군……, 집에 가고 싶어……."

엄청나게 상처 입었네. 그렇게 신이 났었는데.

"장래성. 소재형. 성장할 여지는 충분함."

풀 죽어서 어깨를 늘어뜨린 후시미에게 나는 구체적으로 지적하지 않고 격려해주었다.

하지만 그녀는 허무한 눈으로 배수구를 흘러가는 물을 건드리고 있었다.

아, 이거 망한 패턴이네.

나는 현실을 마주한 나머지 풀 죽은 후시미를 데리고 한 시간도 되지 않아서 시립 수영장을 나서게 되었다. 옷을 갈아입은 내가 캔 주스를 사서 로비 소파에서 기다리고 있자니 후시미가 아직 머리카락이 조금 젖은 채로 나왔다.

"료 군, 머리카락이 전혀 안 젖었네."

"짧으니까 금방 마르거든."

"그렇구나. 좋겠네에."

후시미는 그렇게 부러운 듯이 말하고는 옆에 놓아둔 캔 주스를 눈치챘다.

"한 모금 마셔도 돼?"

"난 괜찮은데, 입 댄 거야."

일단 확인하기 위해 그렇게 말하자 후시미는 쑥스러운 듯이 눈을 내리깔았다.

"괜찮아. 이미 제대로 해버렸잖아……."

아무도 없었기에 작은 목소리였는데도 잘 들렸다. 그때 상황이 떠올라서 내 얼굴도 화끈거리며 뜨거워졌다.

"그, 그렇지……."

캔 주스를 슬쩍 내밀자 후시미는 아무렇지도 않고 그걸 마셨다.

"맛있네."

그녀에게 돌려받은 주스를 나도 한 모금 마셨다. 아까 마셨을 때와 똑같은 맛인데도 약간 간지러웠다.

⑩ 여름 축제와 미아

오후쯤에 마나가 노크도 하지 않고 방에 들어왔다.

"오빠야, 이거 오늘 입어."

마나가 슬쩍 내민 것은 유카타였다.

이 지역에서 가장 큰 규모……라고 할 수는 없지만, 불꽃놀이라고 할 정도로는 규모가 큰 여름 축제다.

최근 몇 년 동안은 가지 않았기에 오늘은 몇 년 만에 가볼 예정이었다.

"유카타? 그냥 사복을 입고 가도 되잖아."

"뭐어? 여름 축제 때 유카타를 안 입으면 언제 입는데?"

"안 입어도 돼."

"우와~, 나타났구나~, 오빠야는 분위기 박살맨이야~."

"시끄러워."

오늘은 마나도 친구들과 거기에 가는 모양이라 이미 유카타로 갈아입은 상태였다.

나도 약속을 했기에 후시미와 히메지, 그리고 토리고에까지 넷이서 가기로 했다.

"띠도 묶어줄 테니까."

"됐다니까."

"다들 유카타를 입고 올 거야, 아마도."

후시미는……, 유카타라면 이상하게 입을 일은 없겠구나.

"그냥 지역 축제일 뿐인데."

"좋잖아, 지역 축제. 규모가 작긴 하지만 불꽃놀이도 하고. 자자."

나를 의자에서 일으켜 세운 마나가 내게 유카타를 입히기 시작했다. 나를 빙글빙글 돌리면서 띠를 다듬은 다음, 두세 발짝 물러서서 다시 나를 보았다.

"엄청 잘 어울리네."

"진짜?"

"찐으로."

유카타를 마지막으로 입은 게 언제였더라? 그런 생각이 들 정도로 오래전이다. 수학여행 때 잠옷으로 입은 유카타는 제외하고.

"이거 장난 아니네……. 여자들이 꼬시려고 엄청 몰려들지도 몰라."

진지한 표정을 지은 마나가 잠깐 기다리라는 말을 남기고 재빠르게 계단을 내려갔다가 곧바로 돌아왔다. 헤어 왁스를 들고 있었다. 촬영 때 자주 챙겨가던 물건이다.

"가만히 있어."

마나는 헤어 왁스를 손에 묻힌 다음 내 머리카락을 만지기 시작했다. 이상하게 만들지도 모르겠다는 생각이 들어서 한순간 불안해졌지만, 마나가 의외로 진지한 표정을 짓고 있는 걸 보니 아마 괜찮을 것 같다.

"마나는 이런 게 좋은 거야?"

"응~? 뭐가?"

"촬영할 때 헤어 메이크도 잘했으니까. 그쪽 계열에 흥미가 있나 싶어서."

"아~. 그야 좋아하긴 하지. 귀엽게 만들거나 멋지게 만드는 건."

좋아, 마나가 그렇게 말하고는 자기 방에서 가져온 손거울로 나를 비춰주었다.

"오빠야는 아무리 봐도 전통복 같은 게 잘 어울릴 사람이야."

"그런가?"

"그런 이미지에 맞춰서 '전통 남자'처럼 해봤답니당."

해봤답니당은 무슨.

진짜로…… 음…… 뭐라고 해야 하나, 괜찮잖아…….

내가 봐도 좀 쑥스러운데…….

"사실은 나도 오빠야랑 같이 가는 게 좋긴 하지만, 약속이 예전부터 잡혀서 말이지~."

마나는 몸을 뒤로 젖혀 나를 멀리서 바라본 다음, 내 앞머리를 살짝 만지고는 '응, 완벽하네'라며 만족스러워했다.

"후시미나 히메지가 화장을 받은 다음에 조마조마하면서 들떠하던 심정을 좀 알겠네."

"이히히."

쑥스러워하며 웃던 마나가 방에서 나갔다.

싫다면 사복으로 다시 갈아입거나 머리를 원래대로 되돌릴 수 있겠지만, 모처럼 꾸며준 호의를 저버릴 수는 없었기에 그냥 내버려 두기로 했다.

후시미가 정해준 숙제 할당량을 끝낸 나는 학교 축제 때 상영할 영화의 편집 작업을 하기 시작했다.

이것저것 손대는 동안 약속 시간이 된 모양이었다.

현관의 초인종이 울려서 창문 밖을 내다보니 현관 쪽에 유카타 차림의 소녀 두 명이 있는 게 보였다.

후시미와 히메지일 것이다.

나는 마나가 두고 간 고풍스러운 주머니에 휴대폰과 지갑을 넣고 방을 나섰다. 유카타도 그렇고 어디서 이런 걸 가지고 온 거지? 잠시 생각해보니 아마 아버지 것 같았다.

기억 속의 여름 축제 때 아버지가 이런 차림이었던 것 같다.

현관에 있던 나막신을 신고(아마 이것도 마나가 꺼내두었을 것이다) 문을 열자 머리카락을 묶고 유카타를 입은 후시미와 히메지가 있었다.

"앗, 료 군……!"

후시미의 커다란 눈이 놀란 듯이 약간 더 커졌다.

"아앗~! 제대로 차려입었잖아요! 뭐죠? 무슨 일이죠? 무슨 바람이 분 거죠?"

히메지는 후시미보다 더 큰 반응을 보였다.

"마나가 유카타랑 머리를 해줬어."

"역시 저희가 고른 헤어 메이크 담당이네요."

응, 응, 하며 새삼 마나의 실력을 느끼고 있는 히메지.

"어……, 저기, 료……, 어…….."

후시미는 익숙하지 않아서 그런지 아직 버벅대고 있었다.

"가죠, 료."

"그래."

간단히 대답한 다음, 우리는 집을 나섰다.

달그락, 덜그럭, 딱딱한 나막신 소리를 울리며 우리는 회장으로 향했다. 올해도 매번 그랬듯이 가로수 사이의 도로는 보행자 천국이었고, 그곳에 노점이 쭉 늘어서 있었다.

"다 같이 축제에 오다니, 대체 몇 년 만일까요."

"히메지가 언제 전학 갔었지?"

"초등학교 5학년 여름방학 때요. 그해 여름에는 못 갔으니 최소한 초등학교 4학년 때겠네요."

그 이후로 처음 가는 거라면 7년 만인가?

내 건망증이 너무 심한 것뿐일지도 모르겠지만, 후시미도 그렇고 히메지도 초등학교 때 있었던 일을 용케도 기억하고 있네.

역에 도착했다는 토리고에를 데리러 가보니 마나가 말한 대로 역시 유카타 차림이었다.

"타카모리 군, 유카타를 입었네⋯⋯."

"아, 응. 뭐, 오늘은 괜찮을 것 같아서."

"괘⋯⋯, 괜찮아 보여."

"고마워. 토리고에도 유카타 잘 어울린다."

"어? 고, 고⋯⋯, 고마워."

토리고에는 작은 목소리로 조용히 고맙다는 인사를 했다.

히메지가 내 옷소매를 꾹꾹 잡아당겼다.

"료. 저한테도 할 말이 있을 텐데요."

"초등학교 때 일을 용케도 기억하고 있네."

"아니에요……."

그녀가 눈을 흘기고는 싸늘한 눈초리로 나를 보았다.

"유카타, 말이야?"

그녀는 예스라고도, 노라고도 하지 않았다. 침묵은 긍정이라고 예전에 누군가가 말했던 것 같다.

히메지는 하늘색 바탕에 큼직한 하얀색 꽃이 그려진 유카타를 입었다. 띠도 흰색이라 정말 눈에 잘 띈다.

"잘 어울리네, 히메지. 의상도, 유카타도. 역시 대단해."

"뭐, 그 정도면 됐어요."

칭찬에도 퇴짜를 놓을 셈이었냐고.

"저……기, 료……, 군."

후시미가 뭔가 말하고 싶어 하는 눈치였다. 토리고에를 손짓해서 부른 다음, 뭔가 귓속말을 했다.

"타카모리 군, 히이나도 유카타를 칭찬해줬으면 하는 것 같은데."

"시이, 잠깐만, 그렇게 있는 그대로 말하면."

찰싹찰싹, 후시미가 토리고에의 어깨를 때렸다.

후시미는 자신의 통역을 맡아줄 토리고에를 놓지 않겠다는 듯이 팔짱을 끼고 있었다.

"그럼 직접 말해. 소꿉친구인데 왜 이렇게 된 거야."

시선이 마주치자 후시미는 부끄러운 듯이 눈을 살짝 피했다.

"히나는 적당히 입고 올 줄 알았던 료가 이렇게 제대로 차려입고 현관에 나타나서 일시적으로 혼란스러워하고 있는 것 같네요."

"갭이 엄청났던 거구나."

"네, 아마도요."

히메지와 토리고에가 이 현상에 대해 정리해 주었다.

"히나의 마음도 이해가 돼요. 오늘 료는 차원이 다르게 멋지니까요."

"……으, 응. 저, 정말로."

히메지가 그렇게 말하자 토리고에도 고개를 끄덕였다.

"쑥스러우니까 그만해."

그런 건 익숙하지 않다고. 어떤 반응을 보여야 할지 모르니까.

후시미는 하얀 바탕에 차분한 색 나팔꽃이 그려진 유카타를 입었다. 전혀 눈치채지 못하고 있었는데, 비녀도 꽂고 있었다.

"어른스러워. 비녀도 잘 어울리네."

그렇게 생각했다. 사복처럼 누가 봐도 알 만한 수준이 아니라서 남자인 나는 기준을 잘 모르겠지만.

"잘됐네, 히이나."

후시미는 응, 응, 하며 고개를 끄덕였다. 소매를 흔들며 기쁜 마음을 나타내고 있었다.

불꽃놀이는 밤 8시부터.

그때까지는 시간이 아직 남았기에 우리는 노점이 늘어서 있는 거리를 돌아다니며 타코야키나 프랑크푸르트를 사고, 그걸 서로 나누기도 했다. 빙수를 사려 하자 토리고에가 아직 이르다며 주의를 준 건 어째서일까.

잠시 후 사람이 많아지자 우리는 가장자리에 있는 공원의 정자로 피난했다.

비슷한 생각을 한 것 같은 중학생 무리나 커플 같은 사람들이 공원에 모여들고 있었다.

"마지막에 먹어야지, 빙수는."

다 먹은 야키소바 그릇 구석에 남은 빨간 생강을 토리고에가 조금씩 집어먹고 있었다.

"먹고 싶을 때 먹으면 되는 거 아니야?"

"디저트 계열이니까, 마지막에 먹어야 해."

아직도 빨간 생강을 조금씩 집어먹는 토리고에의 말에는 묘한 설득력이 있었다.

"료 군은 분명 딸기맛을 고르겠지~."

이제야 유카타 버전의 내게 적응한 후시미가 평소 분위기로 돌아왔다.

"후후후. 아직 그런가요? 어린애네요."

"그거 미안하게 됐네."

나는 여자애들이 사양하면서 남겨둔 닭꼬치를 입에 넣었다. 그리고 매콤하면서도 달달한 소스가 남은 입안에 약간 미지근해진 라무네를 흘려 넣었다.

냠냠, 타코야키를 먹던 히메지가 젓가락으로 하나를 집어주었다.

"료, 이거 맛있어요."

"이쑤시개 있잖아. 왜 젓가락으로 먹어?"

"이쑤시개는 잘 쑤시지 않으면 떨어뜨려 버리잖아요. 그러니까 젓가락이 더 편해요."

젓가락을 들지 않은 손은 집은 타코야키 아래쪽을 받치고 있었다.

이 행동은, 설마———.

"따뜻할 때 먹어봐야죠."

내가 당황하고 있자니 옆에 있던 후시미가 몸을 내밀어서 냠, 먹었다.

"맛있네. 아이, 고마워."

"잠깐만요, 왜 멋대로 먹는 거죠."

"그럼 나도 아앙, 해줄게."

"됐어요."

촬영 초기에는 싸우는 거라고 착각했지만, 지금은 이런 투닥거림에도 익숙해졌기에 토리고에와 나는 쿡쿡대며 웃었다.

히메지는 됐다고 말했지만 후시미가 타코야키를 내밀자 순순히 받아먹었다.

"맛있어?"

"그냥 그렇네요."

"맛있나 보네. 다행이야~."

역시 소꿉친구라 그런지, 후시미는 히메지를 다루는 법을 잘 알고 있다.

"불꽃놀이는 어디서 볼까? 괜찮은 곳 있어?"

이 근처에 사는 세 사람에게 토리고에가 이야기를 꺼냈다.

"아, 한 군데 있긴 해."

나는 지금 아무도 살지 않는 민가 옥상에서 보자고 제안했다.

"료 군……, 그거 불법 침입이잖아."

"어렸을 때는 들어갔었잖아."

"어렸을 때니까. 우연히 들키지 않은 거고, 들키면 엄청 혼나."

성실한 모범생에게 호되게 혼나버렸다.

"고등학생이나 되어서 이런 축제 날에 혼나고 싶진 않은데."

"그러게요."

토리고에와 히메지도 후시미와 같은 의견이었던 모양이다.

그곳 말고도 다른 곳에서 본 적이 있는 것 같긴 한데, 기억이 잘 나지 않는다.

휴대폰을 꺼내서 뭔가 확인한 토리고에가 '아, 미안' 하고 사과했다.

"시이, 왜 그래?"

"여동생들도 오늘 와 있는데……, 쿠우……, 쿠루미가 미아가 된 것 같아서. 잠깐 찾아보고 올게."

그렇게 어린 애가 따로 떨어져 있다는 이야기를 들으니 걱정이 된다.

후시미, 히메지도 토리고에네 집에 한 번 놀러간 적이 있기에 쿠우에 대해서는 잘 알고 있다.

내가 후시미와 히메지를 번갈아 보자 그녀들도 똑같은 생각을 한 모양이었다.

"나도 도와줄게."

"아냐, 아냐, 괜찮아. 모처럼 축제 왔는데."

토리고에는 두 손을 마구 저으며 딱 잘라 거절했다.

"시즈카 양, 저는 쿠우에게 '언니'라고 불리는 게 인생의 목표니까 온 힘을 다해 돕게 해주세요."

히메지, 쿠우를 너무 좋아하는 것 같은데.

"아니, 그래도———."

사양하려는 토리고에를 후시미가 가로막았다.

"시이, 우리에게 맡겨줘. 집 근처이기도 하고, 어렸을 때부터 이 축제에 참가하곤 했으니까 갈만한 곳이 어디인지도 알거든. 그리고 찾는 사람이 많은 게 더 낫잖아?"

방긋 웃은 후시미를 보고 나도 말없이 고개를 끄덕였다.

"다들 고마워."

토리고에는 고맙다는 인사를 한 다음, 이렇게 말했다.

"이렇게 친구다운 친구들하고 협력 퀘스트를 하는 건 만화에나 나오는 이야기인 줄 알았어."

감격해서 꺼낸 말도 참 토리고에다웠다.

쓰레기를 정리한 다음, 우리는 각자 나뉘어서 찾기로 했다.

미아가 되었다면 운영 본부에 가봐야지.

그 텐트로 가서 축제 위원인 것 같은 아저씨에게 미아에 대해 물어보았다.

"저기, 네 살 정도 여자애하고 따로 떨어져서 지금 찾고 있는데요, 혹시 그런 애 못 보셨나요?"

"길을 잃은 새끼 고양이란 말인가? 크하하."

아, 한 손에 맥주를 들고 있네.

꽤 취한 것 같은데, 이거.

"아뇨, 새끼 고양이가 아니라 여자애예요."

"성추행 소동이라면 있었는데 말이지!"

그 단어를 듣고 한순간 깜짝 놀랐다. 휘말리지 않아서 다행이다.

"그런 애가 여기로 안내를 받아서 오면 연락해주실 수 있을까요?"

"그래~."

나는 휴대폰 번호를 가르쳐준 다음 텐트를 나섰다.

불꽃놀이 시간이 다가오자 사람들이 점점 늘어나기 시작했다. 이런 곳에 있으면 밀쳐져서 다칠 수도 있겠는데…….

더욱 걱정이 되었기에 주위에 있는 아이들을 살펴보았지만 찾아내지 못했다. 그럴싸한 아이가 보여도 어머니와 함께 있는 경우가 대부분이었다.

아이들이 좋아할 법한 금붕어 건지기나 장난감 노점에도 보이지 않았다.

꼬맹이가 갈 만한 곳……. 어렸을 때 내가 어디를 돌아다녔지?

길에서 벗어나 잠시 생각하고 있자니 토리고에가 말을 걸었다.

"타카모리 군."

"어떻게 됐어?"

"아직."

"나도."

어디를 찾아봤는지 서로 가르쳐준 다음, 다시 한번 찾아다니기로 했다.

"나도, 따로 떨어져 버릴지도 모르는데……, 그러니까, 잡아도 돼?"

"잡는다고? 응, 그래."

뭘? 그렇게 생각하고 있자니 토리고에가 조심스럽게 내 옷소매를 잡았다.

"저기……, 찌, 찍는다던 영화는 잘 되고 있어?"

말없이 찾다 보니 그 침묵이 마음에 들지 않았는지 토리고에가 물어보았다.

"그거 말이지~. 후시미가 출연해주기로 했는데, 숙제를 끝내지 않으면 못 찍게 해서."

"그렇구나. ……역시, 히이나가 출연하는구나."

"너무 성실해서 장난이 아니야. 후시미답긴 하지만. 숙제 같은 건 안 하는 게 딱 좋은 거라고."

"어디에 어떻게 딱 좋은 건데. 이상한 논리네."

토리고에가 쿡쿡대며 웃었다.

"쿠우를 찾는 것도 그렇고, 오늘 초대해줘서 고마워. 히메지도 있으니까 마나마나하고 넷이서 놀 줄 알았거든."

그러고 보니 초대했던 게 나였구나.

촬영 도중에 이야기가 나왔던 것 같다. 후시미가 먼저 나에게 같이 가자고 제안했고, 그 이야기를 듣고 있던 히메지가 곧바로 달려들어서 끼겠다고 선언했다. 토리고에도 끼려나 싶었는데 아무 말도 하지 않았기에 그냥 '토리고에도 시간 있어?'라고 한마디 했을 뿐이다.

거기서 고개를 크게 끄덕인 토리고에를 보고 신이 난 후시미가 그럼 이렇게 넷이서 가자고 결론을 내린 것이다.

"초대했다고 할 정도는 아닌데."

내가 쓴웃음을 짓자 토리고에가 고개를 저었다.

"아니야, 충분해. 그것만으로도."

"개인 영화 말인데. 각본은 어느 정도 되어가고 있긴 한데, 또 봐줄래? 의견을 좀 듣고 싶어서."

토리고에는 살짝 미소지었다.

"나라도 괜찮다면. 엄청 믿음직스럽다며, 나."

"어?"

그런 말을 내 입으로 했던 것 같긴 한데, 본인에게 이야기한 적이 있었나.

"언제든 연락해."

"응. 그때가 되면 잘 부탁해."

사람이 조금 줄어 나는 아직 소매를 잡고 있는 토리고에와 나란히 걸었다.

"나, 여름 축제 같은 건 초등학생 때 이후로 처음 와서 정말 오랜만이야."

"나도."

"유카타도 새로 맞추면 좋았을 텐데, 엄마 걸 빌렸거든. 이상하지 않아?"

"전혀. 나도 그랬거든."

"어?"

"아버지 걸 빌렸으니까. 마나가 가지고 온 거지만."

"그럼, 마찬가지네."

한산해지기 시작하자 본부 텐트가 보였기에 혹시나 하는 생각에 들러보았지만, 허탕이었다.

"역시 나뉘어서 찾는 게 나을 것 같아."

"그러게."

나는 그렇게 말하고 고개를 끄덕인 다음 토리고에와 다시 헤어져서 쿠우를 찾기로 했다.

휴대폰이 울린 건 그때였다.

전화를 건 사람은 후시미.

나는 기대하며 전화를 받았다.

"찾았어?"

『아, 저기……, 아니야, 미안해…….』

"그렇구나. 무슨 일인데?"

『료, 료 군, 헬프…….』

후시미가 있는 곳으로 가보니 변두리에 있는 도로 가장자리에 앉아 있었다.

"어이~, 괜찮아?"

"아, 료 군! 미안해."

전화로 말한 대로 나막신 끈 부분이 빠져버린 상태였다.

"으으……. 유카타하고 맞춰서 산 건데, 너무 싸구려였나?"

아하하……, 후시미는 그렇게 미안하다는 듯이 웃었다.

"예전에는 그런 유카타를 안 입었지."

키도 커서 당시에 입던 건 사이즈가 안 맞았을 것이다.

"기억하고 있구나?"

"좀 더 어린애 같은 유카타였다는 건, 대충."

그건 그렇고.

"갈아신을 게 있다면 일단 집에 가는 게 좋겠는데."

아마 그럴 생각으로 나를 불렀을 거다.

"응, 미안해. 바쁘게 찾는 와중에."

"움직이지 못하는 후시미를 그냥 내버려 두면 수색 인원이 세 명으로 줄어드니까. 어느 정도 시간을 뺏긴다 해도 움직일 수 있게 만드는 게 낫지."

내 결론은 그랬다.

"응. 나도 그렇게 생각해."

자, 그럼 이 아가씨를 어떻게 할 것인가가 문제다.

자전거가 있는 것도 아니고, 차가 있는 것도 아니다.

……아. 그래서 나를 부른 거구나. 저번에 한 번 그랬으니까.

"그럼, 업어줄게. 저번처럼."

"료 군, 눈치가 빠르네. 신기하게도."

쓸데없는 말은 안 해도 된다고.

나는 후시미를 부축해주다가 다른 사람들이 보지 않는 곳에서 업었다.

"무, 무겁지 않아?"

"괜찮다니까."

"사실, 저, 예전보다 몸무게가 늘었어요……."

솔직하게 말할 필요는 없는데.

정말 성실한 녀석이다.

내가 쿡쿡 웃자, '어? 뭐, 뭐야?'라며 초조해진 후시미가 어깨를 흔들었다.

"전혀 모르겠으니까 신경 쓰지 마."

"그럼 상관없긴 한데……, 왜 웃었어?"

"굳이 할 필요도 없는 말을 한다는 생각이 들어서."

"그래도, '예전보다 무거워지지 않았나?'라고 생각하게 만드는 것도 싫으니까……."

후시미는 조용히 중얼거렸다.

"뭐, 그런 생각이 들면 말할게."

"말하지 마. 민감한 문제라는 단어를 모르시나?"

그럼 어떻게 해야 되는 건데.

"몸무게에 대해서는 아무런 말도 하지 않고, 아무런 생각도 하지 않고, 아무것도 안 느낀다. 그러면 되는 거야?"

"응. 그러면 돼."

"그래서, 살이 찐 이유는 뭔데?"

"민감한 문제라는 단어를 모르시나?"

"농담이야, 농담."

"과자를 먹고 주스를 잔뜩 마셔서 그래."

"대답은 하네."

쿡쿡, 뒤에서 후시미가 웃고 있다는 걸 알 수 있었다.

나도 덩달아 웃어버렸다.

사람이 없는 길을 골랐지만 미아를 찾던 도중이기에 최대한 서

둘러서 후시미네 집으로 향했다.

"나막신 대신 신을 거 있어?"

"음~. 없는데, 샌들을 신어도 되겠다 싶어서."

그래도 되는 건가? 패션 경찰에게 잡힐지도 모르는데.

내가 업은 뒤로 후시미는 내 목에 팔을 두르고 힘을 꽉 줘서 떨어지지 않게끔 하고 있다.

그런데, 좀 그렇네.

역시 업고 있는데 가슴의 감촉 같은 게 전혀 느껴지질 않아.

수영장에서 봤을 때, 그랬으니까…….

빨리 걸어가느라 서서히 흘러내리던 후시미를 다시 업었다.

그 때문에 내 손이 이상한 곳에 닿은 모양이었다.

"냐앙?!"

고양이?

"료 군, 엉덩이 만졌지!"

"안 만졌어."

그게 엉덩이였구나.

유카타 천 감촉밖에 느껴지질 않던데.

"그런 걸 노렸다면 좀 더 더듬었겠지. 이런 상태니까."

"……그렇긴 하네."

납득하신 것 같아서 다행이다.

가로등이 희미하게 비추고 있는 후시미네 집이 그제야 보이기 시작했다.

현관 앞에서 후시미를 내려준 다음, 나는 돌아섰다.

"나도 금방 돌아갈게!"

"그래."

"고마워, 료 군."

"괜찮아. 네가 없는 게 더 곤란하니까."

아직 뭔가 하고 싶은 말이 있는 것 같았기에 돌아서서 기다리고 있자니 후시미가 껄끄러운 듯이 입을 열었다.

"료 군이 한 번 만지는 것 정도는, 난 완전 세이프니까! ──그럼!"

후시미는 빙글, 돌아서서 도망치듯이 안으로 들어갔다.

"……아니, 그러니까 안 만졌다고."

아무도 없는 현관을 향해 나는 그렇게 중얼거렸다.

등에 아직 후시미의 체온이 남아있는 것 같아서 묘한 상상이 들 것 같았기에 나는 고개를 흔들며 그걸 떨쳐냈다.

온 길을 서둘러 돌아가고 있자니 토리고에가 전화를 걸었다.

『타카모리 군, 쿠우는 무사히 찾았어.』

"다행이네."

『도와줘서 고마워. 그런데 엉엉 울고 있어서 이제 집에 가려는 것 같거든. 나도 역까지 바래다주고 올게.』

토리고에는 좋은 언니구나.

"응. 알겠어. 이쪽으로 다시 돌아오면 연락하고."

『응.』

아마 토리고에가 따로 보내긴 했겠지만, 후시미와 히메지에게 내가 들은 내용에 대해 그대로 메시지를 보냈다.

그때, 휴대폰 배터리가 바닥나 버렸다.

"아, 이런."

조금 더 버틸 줄 알았는데 아니었다.

집에 다녀올까 하는 생각이 들었지만, 정신을 차리고 보니 이미 노점 거리에 도착해 있었다.

마나라도 보이면 연락을 부탁할 수 있겠지만, 그 갸루는 오늘 아직 여기서 만나지 못했다.

"아, 료!"

사람들 속에서 빠져나온 히메지가 나를 보고 손을 흔들었다.

"쿠우, 찾아서 다행이네요. 시즈카 양도 걱정을 많이 했을 거예요."

"그런 모양이네. 엉엉 울었다고 했으니까."

"쿠우, 가엾어요……. 할 수만 있다면 제가 그 애에게 쏟아져 내리는 모든 불행을 막아주고 싶네요……."

너, 걔랑 대체 무슨 관계인데.

"저도 남동생 말고 여동생이 있었으면 했는데요."

히메지는 어느새 사 온 빙수를 빨대 순가락으로 떠먹었다.

"딸기맛이에요. 한 입 드세요."

자연스러운 동작으로 빙수를 떠서 빨대 순가락을 내 입에 찔러 넣었다.

"억지로 먹이지 말라고."

"미소녀가 아앙 해주는 건 한 번에 1000엔을 받아도 싸게 먹힐 정도인데요?"

"자기 입으로 미소녀 소리야?"

"어라? 료도 제가 미소녀라고 인식하고 있는 줄 알았는데요."

그런 말을 하긴 했지.

히메지……, 너는 왜 자기 평가가 그렇게 높은 거야?

어이가 없다고 해야 하나, 어울린다고 해야 하나.

이야기를 슬쩍 돌려서 후시미의 상황과 지금 내 휴대폰 배터리가 바닥났다는 사실을 가르쳐 주었다.

"그럼 히나는 이제 곧 이쪽으로 돌아오겠네요."

"곧일지 아닐지는 몰라."

샌들로 갈아신기만 하는 정도라면 기다릴 걸 그랬나.

……지금 있는 이곳은 후시미네 집에서 걸어오면 금방 보일 곳이다.

그런데 히메지와 합류한 뒤로 10분 정도 지났는데도 후시미는 아직 보이지 않았다.

"샌들로 갈아신는 게 다인데."

"네? 유카타도 갈아입을 예정 아닌가요?"

"아니, 신발만 샌들로 갈아신는다던데."

"촌스럽게……."

히메지는 믿기지 않는다는 말을 하고 싶은 것 같았다.

"역시 역 패션 리더네요."

"장난으로 그러는 건 아니니까 그 부분은 놀리지 마."

히메지가 시간을 확인해 보니 벌써 밤 8시가 되어가고 있었다.

"료."

히메지가 그 사인을 보냈다.

나도 별생각 없이 그걸 따라 했다.

밝은 미소를 드리운 히메지가 내 팔을 끌어안으며 딱 달라붙어서는 걷기 시작했다.

"어디 가려고?"

"비밀 장소예요."

……히메지 거는 제대로 닿는다. 가져다 대고 있다.

제대로라는 표현이 좀 그렇지 않나 싶긴 하지만.

유카타라 천이 얇아서 그런지 저번보다 감촉을 더욱 또렷하게 알 수 있었다.

"비밀 장소라니———."

여름 축제.

불꽃놀이.

밤.

비밀.

수면 위로 서서히 떠오르듯, 그리운 기억이 그 윤곽과 색을 머릿속에서 드러내기 시작했다.

◆토리고에 시즈카◆

낯익은 두 사람의 뒷모습이 살짝 보였다.

"……."

이름을 부르려 한 목소리는 곧바로 사그라들었고, 가슴속으로 돌아갔다.

울음을 터뜨린 쿠우와 어머니를 역까지 바래다주고 회장으로 돌아와 보니 타카모리 군과 히메지, 두 사람이 보였다.

두 사람은 팔짱을 끼고……, 굳이 말하자면 히메지가 일방적으로 팔짱을 끼려는 것처럼 보였지만———, 아무튼 그런 상태로 어디론가 걸어가고 있었다.

나는 거기에 끼어들 배짱도, 히이나처럼 먹여주려는 걸 저지할 행동력도 없었다.

방해라는 듯 툭, 누군가에게 부딪혔기에 사람들 속에서 빠져나와 도로 가장자리에 걸터앉았다.

"앗~. 시즈잖아~!"

어이~, 그렇게 부르며 손을 흔든 사람은 마나마나였다. 내가 손을 흔들자 친구들과 함께 이쪽으로 다가왔다. 유유상종이라 그런지 친구들도 갸루였다.

"뭐 하고 있어~? 오빠야랑 다른 사람들은?"

"어쩌다가 따로 떨어져 버려서."

……그런 걸로 해두자.

"연락하지. 이제 곧 불꽃놀이가 시작될 텐데?"

"그러게."

내가 그렇게 둘러대듯이 말하자 마나마나가 뭔가를 눈치챘다.

"왜 그러는데? 우울해진 거야?"

"응, 뭐, 이것저것."

괴롭다는 생각이 들어버렸다.

나는 연인처럼 딱 붙어 있는 두 사람 사이에 끼어들지 못했고,

혼자 남게 된다는 걸 알면서도 억지로 쫓아가려 하지도 않았다.

좋아하는 마음의 크기 같은 건 객관적으로 측정할 수 없지만, 히이나나 히메지에게는 훨씬 못 미치는 게 아닐까. 그런 생각이 들어버렸다.

"시즈으, 자자, 감자 먹고 기운 내라고~."

옆에 앉은 마나마나가 종이컵에 들어있던 감자튀김을 내게 하나 먹여주었다. 축 늘어진 감자튀김의 짠맛이 추운 날에 먹는 된장국처럼 몸에 스며들었다.

"나도 여기서 볼까, 불꽃놀이."

마나마나는 그렇게 말한 다음, 감자튀김 세 개를 한꺼번에 입에 넣었다.

친구들은 다른 곳으로 가려는 것 같았지만, 마나마나는 손을 흔들며 헤어졌다.

"그래도 돼?"

내가 그렇게 묻자 '괜찮아, 잠깐 정도는 말이지' 하며 마나마나는 이히히 웃었다.

◆타카모리 료◆

그때하고 상황이 좀 비슷하다.

예전에 어린이 모임 같은 걸로 여름 축제에 왔었는데, 나와 히메지는 따로 떨어져 버렸다.

그때도 히메지는 괜찮은 곳이 있다며 내 손을 잡고 사람들을 겨우 헤쳐나와 단둘이서 노점 거리를 벗어났다.

"......."

당시에 어떤 이야기를 했는지는 기억이 나지 않지만, 불꽃놀이가 잘 보이는 곳이었다는 건 기억하고 있다.

나는 그날 이후로 유카타를 처음 입은 것 같다.

그곳은 불꽃놀이를 관람하는 곳인 광장과는 달랐다.

따로 떨어져 버린 사람들을 찾기 위해 높은 곳에서 내려다보자는 어린애 같은 생각. 밤이라 어두운 데다 내려다본다고 누군가를 알아볼 수 있을 리가 없었다.

그리고. 그대로 불꽃놀이가 시작되었고———.

떠들썩한 축제 소리에서 멀어지자 점점 기억이 떠올랐다.

작달막한 산의 입구에 도착해 나무를 박아서 만든 간이 계단을 올라갔다.

"나막신이라 걷기가 힘드네요."

그렇게 말하며 곤란하다는 듯이 웃는 히메지.

진짜로 균형을 잃을 수도 있을 것 같았기에 팔을 계속 끼고 있었다.

계단을 다 올라간 곳은 일종의 산책 코스인 듯했다. 중간에 쉬기 위한 정자에 벤치도 있었다. 녹슨 철제 쓰레기통에는 쓰레기가 조금 담겨있었다.

그때는 더 경쾌하게 뛰어 올라왔던 것 같은데, 지금은 숨이 좀 차다.

불꽃놀이 회장도, 노점의 불빛도 매우 작아졌다. 그 대신 밤하늘에 뜬 별은 가깝게 느껴졌다.

"후시미랑 토리고에는?"

"일단 연락은 했는데 말이죠."

그렇구나. 그럼 조금 기다리면 오려나?

히메지가 벤치에 앉아서 옆을 탁탁 두드렸기에 거기에 앉았다.

마침 그 타이밍에 불꽃놀이가 솟구쳤다.

퍼엉, 밤하늘에 꽃이 피었고, 그게 사라진 뒤에 희미하게 보이는 연기가 바람에 흩날렸다.

우리는 말없이 차례차례 쏘아 올려지는 불꽃놀이를 바라보고 있었다.

"역시 그 사인, 용케도 기억하셨네요."

"이거 말이지?"

다시 그 사인을 보이자 히메지가 고개를 끄덕였다.

"잊고 있다가 그 라이브 영상을 보고 생각났거든."

"료는 제 메시지를 제대로 받았군요."

"받았다고 해야 하나……."

아이카의 공식 답변은 '사인에 의미는 없다'였다. 하지만 히메지는 그 무의미한 사인을 라이브에서 반복하고 있었다.

"당신을 잊지 않겠다."

사인은 전학 가기 전에 만들었다. 그 상황에 맞는 의미가 담겨 있었다.

"의미도 제대로 기억해내다니, 료는 기특하네요."

"별로 칭찬받은 것 같은 느낌이 안 드는데……."

히메지는 실룩거리는 표정으로 말했다.

"운명, 느껴도 될까요?"

"……운명이라니."

어떻게 해야 하나.

당황한 게 얼굴에 확실히 드러난 모양이었다. 히메지가 웃음을 터뜨렸다.

"촌스럽죠, 이 대사."

"응? 대사?"

"아이돌로 활동할 때 몇 번 써먹었거든요. 평가도 안 좋았고."

히메지가 그렇게 말하며 쓴웃음을 지었다. 평가가 안 좋았을지는 모르겠지만, 나는 조금 두근거렸다.

"그래도 반쯤은 진심이에요. 저는 전학 갈 학교에 료가 있다는 걸 몰랐으니까요. 승강장에서 다시 만났을 때, 교복을 보고 혹시나 싶었죠. 제가 계속 보낸 메시지를 기억해내 준 것도 그렇고요."

"운명, 말이지."

운명, 운명, 연달아 말하니 시노하라가 어렴풋하게 떠올라서 웃음이 나올 것 같아 정말 곤란하다.

우리는 불꽃놀이를 바라보면서 이따금씩 말이 없어졌다가, 다시 생각나는 것들을 이야기했다. 촬영 이야기, 아르바이트를 하면서 마츠다 씨에게 들었던 이야기, 둘 다 아는 친구 이야기.

"아, 맞다."

뭔가 생각난 듯한 히메지가 내 볼을 꼬집었다.

"무, 무슨 짓이야."

"바다에 갔을 때, 히나랑 무슨 이야기를 했나요?"

"바다? 후시미랑?"

"단둘이 따로 있었잖아요."

꾸욱꾸욱 잡아당겨져서 얼굴이 히메지 쪽으로 다가가 버렸다.

"척 보기에도 히나가 신이 나서 돌아왔길래 뭔가 있었구나 싶었거든요."

"그랬나?"

"그걸 눈치채지 못한 건 당신뿐일 거예요."

히메지는 한숨을 쉬고는 그제야 손을 놓아주었다.

"둔감하고 건망증이 심한 건 어제오늘 일이 아니니까 관대하게 봐 드릴게요."

"왜 그렇게 거만한 건데."

"당연하죠. 거만해야죠. 료가 이런저런 것들을 잊어버려서…… 꽤 상처 입었으니까요."

입술을 삐죽대던 히메지가 흥, 고개를 돌렸다.

"예전에 둘이서 여기 온 건 기억나나요?"

"응. 오면서 경치나 분위기를 보고 겨우 떠올렸지만."

나는 기억하고 있던 걸 말했다.

"예전에 따로 떨어진 우리가 다른 사람들이랑 합류하는 걸 포기하고 여기서 불꽃놀이를 봤잖아."

"응, 응, 그래서요?"

히메지는 뒷이야기까지 재촉했지만, 나는 이제 내놓을 카드가 없다.

"지금까지 생각난 건 그 정도밖에……. 미안해."

솔직하게 사과하자 그녀는 볼을 꼬집지도, 한숨을 쉬지도 않았다.

그 대신 나막신을 벗고 끌어안은 무릎 위에 얼굴을 대고는 이쪽을 보았다.

"역프로포즈, 했어요. 제가."

"……역프로포즈."

"네. '결혼해주세요' 하면서요."

그런 말을 들으니 그런 적이 있는 것 같기도 하고…….

"저는 지금도 어제 일처럼 기억나는데, 이 남자는 진짜…….."

"미안해, 진짜로."

이제 사과할 수밖에 없다.

응? 후시미하고도 똑같은 약속을 하지 않았던가?

"료가 '좋아'라고 말해줬고요."

히메지가 살며시 내 옷소매를 잡았다.

"그런 빅 이벤트가 있었던 곳에서 몇 년이 지난 뒤에 마찬가지로 불꽃놀이를 보고 있잖아요……, 우리도 이제 컸어요. 조금은 운명을 느껴버린다고요."

불꽃놀이의 빛이 히메지의 표정을 장식했다. 눈동자에 비친 붉은색, 푸른색, 흰색, 녹색 빛이 아름다웠다.

히메지가 볼을 붉히면서 살며시 손을 잡았다. 내가 바라보자 히메지는 내 시선으로부터 도망치려는 듯, 하늘에서 터지는 불꽃놀이를 올려다보았다.

펑, 펑, 퍼어엉…….

불꽃놀이가 잠시 멈춘 타이밍에 그녀가 잡고 있던 손에 힘을 꼬옥, 주었다.

"키스할 권리를 드렸으니까, 무대가 성공하면 써주세요."

"어, 뭐?"

"권리를 행사해도 된다고요."

행사하고 말고는 내 마음이잖아.

말문이 막혀 생각에 잠긴 사이 히메지의 얼굴이 점점 빨개졌다.

"여……, 역시, 됐, 어요……. 잊어주세요, 방금 한 말."

"어?"

"이, 일단!"

히메지는 이야기를 돌리려는 건지 큰 소리로 말했다.

"지금 열심히 하고 있으니까 응원해달라는 말을 하고 싶었던 거예요, 저는."

빠른 말투로 단숨에 내뱉은 다음 히메지는 옆얼굴을 한 손으로 가렸다.

불꽃놀이가 멈췄지만 눈 속에는 아직 불꽃놀이의 잔상이 있었고, 밤하늘에는 연기가 남았다.

끝난 건가. 그렇게 생각하며 불꽃놀이 전단지를 보자 중간에 15분 정도 쉬는 시간이 있었고, 지금은 그 쉬는 시간인 듯했다.

"후시미가 돌아올 테니까 회장으로 돌아가자."

"네."

히메지가 다시 손을 슬쩍 잡았다. 이러고 있자니 왠지 어렸을

때로 돌아간 것 같은 기분이 들었다.

"료가 미아가 될지도 모르니까, 이대로 가죠."

"왜 난데?"

태클을 기다리고 있었는지, 히메지가 쿡쿡대며 웃었다.

"또 같이 보러 와요."

"아직 안 끝났잖아."

"그랬죠, 참."

히메지가 신이 난 듯한 목소리로 말했다.

하지만 불꽃놀이도 어느 정도 패턴을 봐버렸기에 약간 질리기 시작했다.

왔던 길로 돌아가다 보니 중간에 후시미가 보였다.

누군가 모르는 어른 남자 두 명하고 이야기를 하고 있었다.

"료, 저, 저거, 헌팅하는 거 아닌가요……."

"그, 그래?"

"저는 알아요. 히나가 예의를 차릴 때의 표정이에요."

수학여행 때 있었던 일이 떠올랐다.

말도 안 되는 소리를 하던 헌팅남의 말을 듣고 따라가려고 했던가?

"저 남자들은 다른 불꽃놀이를 쏘아 올리려 하는 거 아닐까요?"

"아저씨 같은 소리 하지 말라고."

인기 많은 남자는 그러기도 한다는 이야기를 언뜻 들은 적이 있다. 신사 경내 그늘진 곳이나 강가에서.

나는 심호흡을 크게 한 번 하고 나서, 성큼성큼 다가가 후시미에게 말을 걸었다.

"후시, 후시미, 기다렸지."

혀를 엄청나게 깨물었다.

"아, 료 군. 어디 갔었어?"

뜻밖에도 평소 같은 후시미였다. 곤란해하는 것 같지도 않았고, 겁을 먹은 것 같지도 않았다.

"아, 후시미, 남친이야?"

안경을 끼고 멋을 부린 40대 정도 남자가 놀리듯이 그렇게 말하자 후시미가 얼굴을 붉게 물들이며 몸을 움츠렸다.

"그……, 그런 느낌이에요."

그런 느낌이라고? 소꿉친구도 그런 느낌에 들어가는 건가?

"타카시로 씨, 사귀기 직전인 미묘한 시기면 어쩌려고 그러십까."

나머지 한 사람, 통통한 남자분이 나서서 도와주었다.

"아, 이거 실례. 아저씨들은 사이좋게 지내는 남녀를 보면 바로 그렇게 생각해버리거든."

타카시로 씨라고 불린 멋쟁이 아저씨는 '미안해'라고 나와 후시미에게 가볍게 사과했다.

후시미의 이름을 알고 있는 걸 보니 아는 사이인걸까.

히메지가 없다 싶었더니 조금 떨어진 곳에서 우리를 지켜보고 있었다.

"료 군, 이 약간 통통하신 분이 액터즈 스쿨에서 강사를 맡고 계신 하시모토 씨야."

나서서 도와준 사람은 하시모토 씨인 모양이었다.

"안녕하세요······."

나는 그렇게 말하며 고개를 살짝 숙여 인사했다.

"미안해. 보이프렌드하고 불꽃놀이를 즐기고 있었을 텐데."

타카시로 씨가 우리에게 다시 정중하게 사과했다.

"······그, 그런 느낌이에요."

부정도, 긍정도 하지 않은 후시미는 다시 얼굴을 붉히며 몸을 움츠렸다.

그러고 보니 마츠다 씨도 히메지하고 어떤 관계냐고 물어보았었지. 나도 제대로 자기소개를 해둬야겠는데.

"타카모리라고 합니다. 보이프렌드는 아니고, 그냥 소꿉친구예요."

표정을 계속 바꾸며 쑥스러워하던 후시미가 스윽, 무표정한 모습으로 바뀌었다.

마치 유리구슬처럼 감정이 없는 눈빛을 보이고 있다.

상황을 제대로 파악하지 못한 내게 강사인 하시모토 씨가 가르쳐 주었다.

"후시미 양에게 타카시로 씨를 소개해주고 싶어서. 잠깐 말이지. 굳이 오늘 할 필요는 없긴 한데, 이쪽에 타카시로 씨가 계신다는 이야기를 들었거든."

타카시로 씨는 '소꿉친구 군에게도, 이거'라며 명찰을 건넸다.

"감사합니다."

타카시로 소이치로, 캐스트 스타디움 오피스 대표라고 적혀 있었다.

"수상쩍은 아저씨를 보는 듯한 눈빛이길래."

……들켰네.

"좀 전에 나도 하시모토 씨에게 소개받았는데, 타카시로 씨는 모델이나 엑스트라, 연예인을 매니지먼트하시는 사장님이시래."

후시미는 내가 궁금해할 것 같은 캐스트 스타디움 오피스에 대해 설명해 주었다.

그렇다면 연예 기획사인가?

듣고 보니 풍기는 분위기가 마츠다 씨와 비슷한 것 같았다.

속세에서 벗어난 것 같다고 해야 하나, 뭐라고 해야 하나.

그렇게까지 이야기를 제대로 할 생각은 없었던 건지, 아니면 이미 이야기를 끝낸 건지, 두 사람은 캔맥주를 사러 노점 쪽으로 사라졌다.

교대하듯 히메지가 다가오며 다시 한번 두 사람이 떠나간 쪽을 힐끔 확인했다. 히메지는 본 적이 있는 사람이라는 걸 중간에 알아챘기에 숨어있었던 것 같다.

"아~. 아이, 어디 갔었어? 메시지를 보냈는데 답장도 전혀 없고. 료 군도 그렇지만."

"죄송해요. 매너 모드로 해둔 걸 깜빡해서."

어라? 연락했다고 하지 않았나?

자세한 장소까지는 가르쳐주지 않은 건가?

"나는 배터리가 바닥나서. 미안해."

"정말~."

후시미가 그렇게 말하며 따졌다.

마나가 후시미에게 연락을 하자 토리고에도 같이 있다는 모양이었기에 장소를 들은 뒤 두 사람에게 합류했다.

불꽃놀이 후반은 원래 일행에 마나까지 끼어서 도로 가장자리에 앉아 다 함께 불꽃놀이를 바라보았다.

⑪ 둘만의 후야제

불꽃놀이가 끝나자 마나는 아직 더 놀고 싶었는지 따로 떨어져 있던 친구들과 합류해서 노래방에 갈 거라고 말하며 헤어졌다.

우리는 토리고에를 역까지 바래다주었다.

"오늘 쿠루미를 같이 찾아줘서 고마워. 정말 덕분에 살았어."

"시이, 완전 오케이니까 신경 쓰지 마."

"맞아요. 쿠우를 무사히 찾았으니 그것만으로도 충분해요."

"우리는 결국 힘이 되어주지도 못했으니까."

토리고에는 고개를 저었다.

"결과를 말하는 게 아니라, 협력해준 마음이 고맙다는 거야."

그녀는 작은 목소리로 쑥스러운 듯이 그렇게 말했다.

역으로 오는 도중에 토리고에가 우리에게 쿠우가 어떤 상황에 처했었는지 가르쳐 주었다.

보아하니 금붕어에 정신이 팔려 있던 와중에 어머니와 따로 떨어져 버린 모양이었다. 혼자 있다가 어떤 친절한 가족이 보호해 줘서 마지막에는 본부로 안내받았다고 한다.

엉엉 울었던 것은 본부에서 술을 마시던 낯선 아저씨들에게 둘러싸였기 때문인 듯했다.

내게도 본부에서 연락을 했는지 모르겠지만, 배터리가 바닥나서 확인할 수가 없었다.

"엄마도 친구들에게 '감사합니다'라고 전해달라고 했어."

전철이 승강장으로 들어오자 우리는 손을 흔들며 토리고에와 헤어진 뒤 출발하는 전철을 배웅했다.

그대로 해산하는 분위기가 되어, 히메지와도 집으로 이어지는 갈림길에서 헤어졌다.

"뭐, 오늘은 이제 됐어요."

히메지는 그렇게 여유로워 보이는 미소를 남기고 집 쪽으로 가 버렸다.

"뭐가 이제 됐다는 거지?"

"글쎄."

후시미와 나는 서로 얼굴을 마주 보며 고개를 갸웃거렸다.

아직 축제의 고양감이 거리에 남아 있는 와중에 후시미가 집이 아닌 쪽으로 진로를 변경했다. 나는 아무것도 물어보지 않고 따라갔다.

딱히 목적지가 있던 게 아닌 모양인지, 우리는 막차가 끊긴 버스 정류장 벤치에 앉았다.

"축제 즐거웠지? 아이도 있고, 시이도 있고."

"이런 것도 가끔은 괜찮을 것 같네."

"그러게."

후시미는 나막신을 벗고 다리를 흔들고 있었다.

"그러고 보니 갈아신을 나막신이 있었네?"

"아니야, 이거, 마나 거야."

"마나 거?"

"응. 샌들로 갈아신고 갔다가 들켜버려서."

"아……, 패션 경찰이 긴급 출동했구나."

"맞아. '내가 따로 챙겨둔 게 있으니까 그거 신어'라고 해서~."

그래서 시간이 오래 걸렸구나.

'발치 같은 건 아무도 안 볼 텐데~?'라는 후시미의 부주의한 발언이 패션 경찰의 역린을 건드렸다고 한다.

그렇게 우리 집으로 강제 연행당한 뒤 유카타에 어울리지 않는 샌들 대신 나막신으로 갈아신고 회장으로 돌아왔다는 모양이다.

"같이 축제 회장으로 돌아와 보니까 마나네 친구가 잔뜩 기다리고 있었는데, 전부 갸루였어. 깜짝 놀랐다니까."

"나는 본 적 없단 말이지, 마나네 친구들."

"그건, 저기, 료 군이 갸루를 좋아하니까 그렇지."

"그건 그냥 대충 한 말이었다니까……."

"마나는 분명 정말 좋아하는 오빠야를 친구에게 뺏기고 싶지 않은 거야."

쿡쿡, 후시미가 웃었다.

"그래서, 료 군에게 연락해도 전혀 반응이 없고, 불꽃놀이도 시작되어버렸고, 어떻게 할까 생각하고 있다가 하시모토 씨가 말을 걸었거든."

그 이후로 내가 발견할 때까지 그 두 사람과 이야기를 하고 있었다는 거구나.

"그 사람……, 타카시로 씨라고 했나? 그 사람 사무소에 들어간다는 거야?"

"그렇게 갑자기 정할 일은 아니야. 강사인 하시모토 씨가 그냥 호의로 소개해줬다고 해야 하나, 그뿐이지."

"그렇구나. 그런 연줄로 일이 잘 풀리면 좋겠는데."

"응……, 그러게."

들뜬 목소리가 아니었다.

그만큼 후시미에게 있어서 이런 화제는 민감한 문제인 모양이다.

"골든 위크 때 무대를 보러 와준 것 같긴 한데."

후시미가 다시 다리를 흔들기 시작했다.

"뭐? 후시미를 보러?"

"그럴 리 없잖아, 아하하."

내게는 억지로 기운을 내면서 억지로 웃는 것처럼 보였다.

"전혀 기억하지 못하시는 것 같더라고. 인상에 남지 않은 모양이라."

후시미가 맡았던 건 꽤 괜찮은 역할이었다.

"무대랑 평소랑은 다르잖아. 딱 한 번 무대에 선 거면 더 알아보기 힘들지."

"그런 거면 좋겠네."

요즘 후시미는 사소한 일로도 네거티브 모드에 들어가곤 한다.

어떻게든 기운을 차리게 해주고 싶긴 하지만, 어떻게 해야 할지 모르겠다.

"주스 사줄까?"

"어? 왜."

"아니면 과자?"

"어? 어? 뭐야, 뭐야, 갑자기 왜?"

혼란스럽게 만들어버린 모양이다.

"기운이 없으니까, 뭘 좀 먹으면 기운이 날까 싶어서."

후시미는 의아해하다가 쿡쿡대며 웃기 시작했다.

"웃을 일은 아니잖아."

"미안해. 초등학생 같길래. 후후."

"그거 미안하게 됐네. 위로해주는 방법이 과자나 주스뿐이라."

"아니야. 고마워. 그럼 말이지, 과자랑 주스 사서 우리 집에 가지 않을래?"

"후시미네 집? 상관없긴 한데, 벌써 꽤 늦은 시간이잖아."

"괜찮아."

그녀가 그렇게 말했기에 우리는 버스 정류장을 떠났다.

중간에 편의점에 들러서 주스와 과자를 조금 샀다.

후시미네 집에 도착하자 그녀가 '들어와'라며 안으로 안내해 주었다.

평소에는 바래다주기만 해서 들어온 건 꽤 오랜만이었지만, 기억하던 것과 큰 차이는 없었다.

'실례합니다~'라고 말했는데 대답이 돌아오지 않았다.

"할머니는 벌써 주무시나? 아버지는 축제 때문에 오늘은 늦으실 거야."

위원 같은 걸 맡으신 모양이었다.

그럼 이제 뒤풀이라도 참가하시려나?

"내 방도 오랜만이지?"

"집에 들어온 것 자체가 오랜만이니까."

그렇게 이야기를 나누고 계단을 올라간 다음, 후시미가 별생각 없이 문을 열었다.

"들어와. 지금 에어컨을 켤———, 으냐아?!"

이상한 목소리를 낸 후시미가 침대 밑에 쌓인 빨래를 향해 뛰어들었다.

"왜 그래?"

"시, 신경 쓰지 마."

후시미는 그걸 꼬옥 끌어안고 내게 등을 돌린 채 게걸음으로 움직여 옷장을 열었다.

그녀의 팔 사이로 브래지어의 끈이 슬쩍 보였고, 팬티가 팔랑거리며 떨어졌다.

나는 슬쩍 눈을 돌리고는 들어가려던 방에서 한 발짝 물러섰다.

"앗. 떨어졌어?! 모……, 못 본 것 같네. 세, 세이프……."

혼잣말이 다 들리는데.

"이제 됐어. 들어와도 돼."

토리고에의 방에 이어 후시미의 방에 들어가다니, 작년에는 상상도 못 한 일인데.

후시미가 방석을 꺼내주었기에 사양하지 않고 쓰기로 했다.

별로 신경 쓰지 않았었는데, 문득 내 냄새가 신경 쓰였다.

"집에 가서 샤워라도 하고 올 걸 그랬나?"

"땀 닦는 시트라도 괜찮다면 있는데."

그럼 괜찮을 것 같다.

집에 다시 갔다 오는 것도 귀찮고, 그렇게 움직이다가 또 땀을 흘리면 의미도 없다.

나는 후시미가 꺼내준 땀 닦는 시트를 몇 장 받고는 몸을 닦아 나갔다.

"등 닦아줄까?"

"아니, 됐어. 등은."

"부끄러워할 필요 없는데."

다른 사람에게 자랑할 몸은 아니지만, 등이라면 뭐, 괜찮으려나.

고집스럽게 거절해서 여자애처럼 보이는 것도 좀 그러니까.

"······그럼, 부탁할게."

띠를 살짝 느슨하게 풀어서 옷을 풀어헤쳤다. 상반신만 알몸 상태가 된 뒤에 후시미 쪽으로 등을 돌렸다.

"······업혔을 때도 생각했는데, 료 군의 등은 크구나."

"빤히 보지 말라고."

슥, 슥, 슥, 후시미의 손가락 끝이 등에 닿았다.

"뭐라고 썼게~?"

"너무 어려운 문제인데."

"지금 기분을 쓴 건데, 료 군은 모르겠지~."

"됐으니까 얼른 닦아주라고."

"정말, 좀 받아줘도 되는데."

쿡쿡, 후시미가 웃었다. 곧이어 차가운 시트 감촉이 느껴졌다.

"료 군, 기분 좋아?"

"왠지 민망한데."

약간 기분이 좋긴 하지만, 창피하다는 느낌이 더 강했다.

미묘한 감정을 어쩔 줄 모르고 있자니 후시미가 나를 들여다보았다.

"후후후. 료 군, 부끄러워하고 있네."

"아니라고. 시끄러워."

나는 그렇게 말하며 후시미의 으스대는 표정을 뿌리쳤다.

닦기 전 기분과 닦은 뒤 기분이 전혀 달랐다.

시원한 바람을 쐬고 있는 것처럼 상쾌했다.

내가 유카타를 다시 입자 후시미가 일어섰다.

"나는 샤워하고 올게."

"아, 그래⋯⋯."

단둘이 있는 방에서 그런 말을 들으니 의식할 수밖에 없었다.

"이따 부탁할 게 있는데. 들어줄래?"

"내용에 따라 다르지."

"알겠어. 그럼, 얼른 끝내고 올게."

후시미는 옷장 앞에 서서 나를 힐끔 보고는 가슴에 무언가를 끌어안고―――아마 속옷일 것이다―――다시 내게 등을 돌린 채 게걸음으로 움직였다.

그때, 하얀 천이 팔랑거리며 바닥에 떨어졌다.

"흐아악?!"

샤샥, 눈에 보이지 않을 정도로 빠르게 그것을 회수한 후시미는 귀가 빨개진 채 아무 말도 하지 않고 방에서 나갔다.

……반응을 보니 팬티 같은데?

"그런데 새삼 부탁하려는 게 뭐지?"

상황을 봐서는 야한 것밖에 생각나지 않는다.

그런 부탁을 할 만한 타입이 아니라는 건 나도 잘 알고 있긴 하지만.

저번에 종점역에서 했던 약속도 새삼스럽게 말할 만한 내용은 아닌 것 같았다. 어쩌면 내가 멋대로 그렇게 생각하고 있을 뿐이고, 후시미에게는 매우 중요한 내용인 걸까.

방석에 앉아 있자니 마음이 붕 떠서, 주의를 다른 곳으로 돌리기 위해 책이나 DVD가 들어 있는 수납장 앞으로 가서 제목을 보았다.

최근 타이틀부터 꽤 오래된 것까지 DVD가 엄청나게 많았다. 정말 좋아하나 보네.

흥미를 끄는 것이 없었기에 자연스럽게 시선이 다른 곳으로 옮겨갔다.

공부용 책상. 나와 달리 깔끔하게 정리되어 있었다.

초등학생 때부터 쓰던 거라 나도 자주 본 거였다.

책상에 보호용 매트를 깔아둔 것도 여전하다. 여름방학 숙제 일람을 정리해둔 프린트를 거기에 끼워두었고, 끝낸 숙제에는 대각선이 그어져 있었다. ……아니, 전부 끝냈네.

그러고 보니 예전에는 여기에 사진이———.

"……어라? 사진이 없네."

한 살 정도 되는 후시미와 부모님, 그리고 할아버지 할머니까지 다섯 명이 찍은 사진이 있었는데.

앨범 같은 곳으로 옮긴 모양이다.

나는 초등학생 때 그 사진을 보고 이 사람이 후시미네 어머니구나, 하고 생각했던 기억이 있다.

만난 적이 없지만 정말 예쁜 사람이었다.

후시미에게 이야기를 들은 적이 없었기에 어린 마음에도 물어볼 만한 이야기가 아니라고 느꼈던 게 기억난다. 우리 아버지처럼 돌아가셨을지도 모르니까 흥미를 품지 않게끔 해왔다.

유치원으로 데리러 오는 사람이 나 같은 경우에는 어머니였지만, 후시미는 아버지나 할머니였다. 그러니 그 무렵에는 이미 어머니가 안 계셨을 것이다.

책상에 달린 선반에는 교과서와 자료집, 노트가 꽂혀 있었다.

어디에 뭐가 있는지 알아보기 쉽게 정리해두었다.

그중에서 낡은 노트 한 권이 보였다.

빼내서 넘겨보니 낡은 책 특유의 먼지 냄새가 났다. 수업 때 쓰는 노트는 아닌 듯 했고, 날짜 뒤에 일기 같은 게 몇 줄 적혀 있었다.

그 날짜는 내가 태어나기도 전.

어느 정도 읽어보니 말투나 글씨체가 여자 같았다. 후시미의 어머니가 쓴 일기일지도 모르겠다.

'신라(心良)'라는 단어가 군데군데 보였다.

마음(心)에 좋다(良)고 쓰고 신라라고 읽는다———.

초등학생 때, 어머니가 간단한 한자라며 내게 가르쳐 주었지.

……드문 이름이니까 여러 명 있진 않을 것이다.

일기에 '신 군'이라고 적힌 곳도 있었다. '신라'의 고향도 내가 들었던 아버지의 고향과 같은 곳이었다.

이런저런 생각이 머릿속에 맴돌았고, 페이지를 넘기던 손이 멈췄다.

애초에 남의 일기다.

허락도 없이 멋대로 읽어선 안 되는 게 당연하다.

나는 일기를 덮고 원래 있던 곳에 노트를 다시 꽂아두었다.

"오, 오래 기다렸지."

후시미가 돌아온 건 그로부터 시간이 얼마 지나지 않아서였다.

"그래. 일찍 왔네———. 아니, 유카타가 엉망진창이잖아."

나는 곧바로 잘못 입은 부분을 보며 지적했다.

"그래도, 할머니가 입혀주셨는데, 이미 주무시니까———, 그렇다고 료 군을 더 이상 기다리게 할 수도 없고———."

어쩔 수 없이 내린 결단이었던 모양이다.

일단 속옷 부분은 가리고 있긴 하지만, 살색 비율이 높아서 눈 둘 곳을 모르겠다.

근처에 수건이 있었기에 그걸 후시미에게 던지고 걸치게 했다.

휴우, 나는 안도의 한숨을 쉬었다.

이제 겨우 제대로 이야기를 할 수 있겠네.

"그래서, 부탁이라는 게 뭔데?"

"아, 응……, 저기."

후시미가 말하기 껄끄러운 듯이 머뭇거리다가 각오를 다진 듯이 말을 꺼냈다.

"여름이라면, 역시, 이거 아닐까 싶어서……."

수납장에서 DVD를 하나 꺼냈다.

……공포 영화였다.

"같이 봐줘!"

"그쪽 계열 부탁은 아닐 것 같긴 했는데, 그런 거였구나."

"그쪽 계열?"

고개를 갸웃거리는 후시미에게 나는 아니라며 고개를 저었다.

"혼자 보면 무서워서 중간에 꺼버리는데, 료 군하고 같이 보면 끝까지 볼 수 있으려나 싶어서."

나도 공포 영화를 좋아하는 건 아닌데 말이지…….

하지만 그렇게 부탁하니 거절할 수가 없다.

날짜가 바뀌려 하는 시간에 공포 영화를 보는 건 용기가 필요하지만, 거절이라는 선택지는 없었다.

"그, 그래, 보자."

"앗싸."

후시미의 방에는 텔레비전이 없기에 어떻게 하려나 싶었는데, 아버지의 노트북을 미리 빌려둔 모양인지 이미 준비해두고 있었다.

……어이가 없을 정도로 준비성이 좋으시네요, 후시미 양.

자그마한 테이블을 꺼낸 다음, 거기에 올려놓은 노트북에 디스크를 넣었다.

후시미는 곧바로 쿠션을 들고 언제든 화면을 가릴 수 있게끔 준비하고 있었다.

"무서워지면 가릴 테니까. 괜찮아지면 말해줘."

"보는 의미가 있어? 그거."

무서워지는 걸 즐기는 게 공포 영화 아니었나.

뭐, 즐기는 방법은 사람마다 제각각 다르다고 해두자.

시작부터 무척 오싹한 장면이 나오고, 후시미가 움찔거리며 굳
었다.

"벌써 한계일지도 모르겠어."

"뭐? 너무 빠르잖아."

후시미가 약간 떨어져 있던 거리를 좁히고는 달라붙었다. 내
팔을 끌어안듯이 꼬옥 잡았다.

"이러면 좀 안심이 될지도 몰라. 료 군의 체온이 있으니까."

"갑자기 얼음처럼 싸늘해질지도 모르는데."

"그러지 마."

이 정도로 무서워하면서 왜 공포 영화를 보려고 하는 건데?

"재생할 건데, 괜찮겠어?"

"……으, 응."

후시미는 실눈을 뜨고 화면을 보고 있었다. 엄청난 공포 영화
대책이었다.

영화를 재생시키자 어두운 분위기 속에서 스토리가 진행되어
나갔다. 내가 찍은 작품에서는 찾아볼 수 없는 연출, 구도가 있었
고, 짜임새부터 달랐기에 그런 의미로도 재미있었다.

그동안 후시미는 '까악!', '싫어어……', '냐아?!', '진짜아아

아······'라고 짤막한 비명을 지르다가 잡고 있던 내 팔을 꼬옥 끌어안았다.

나도 무서웠다. 온다온다온다, 하다가 콰앙, 하는 것도 무섭고, 예고 없이 갑작스럽게 나타나는 패턴도 있어서 다양한 방식으로 무섭게 만드는 작품이었다.

후시미는 수건이 있어서 방심한 건지, 유카타가 흘러내린 것을 잊어버린 모양이었다. 하얀 브래지어가 살짝 보인다고······.

영화는 무섭고, 옆을 보니 그렇게 되어 있고, 어떤 감정을 품어야 하는 걸까.

"이이이, 이제 못 보겠어요, 죄송해요."

나도 이제 여러모로 못 보겠다.

후시미가 어느새 반쯤 울먹이고 있었기에 일시정지를 눌렀다.

"무서우면 억지로 볼 필요 없잖아."

"응······, 그렇긴 한데, 좀."

DVD를 꺼낸 다음, 노트북을 치웠다. 출출해진 우리는 사 온 과자를 펼쳐놓고 조금씩 먹기 시작했다.

"실은 이거, 어머니가 가지고 있던 DVD야. 내가 산 것도 있긴 하지만, 8할 정도는 어머니 거고."

"호오."

그 일기를 가지고 있는 걸 보니 후시미는 자기 어머니와 우리 아버지가 어떤 관계였는지 알고 있는 건가?

일기를 읽어버려서 껄끄럽기도 했기에 그 화제를 꺼낼 수가 없었다.

"어떤 사람이었는지 나는 전혀 모르거든. 영화의 취향을 통해 어떤 사람이었는지 알 수 있을지도 모르겠다는 생각이 들어서 어머니가 보던 걸 이것저것 보고 있던 참이야."

"그렇구나. 그중에 방금 봤던 공포 영화가 있었던 거고?"

"그렇지."

후시미가 흥미를 가지는 것도 자연스러운 일이다.

나도 어렸을 때 돌아가신 아버지가 어떤 사람이었는지 흥미가 있다.

"어렸을 때는 없다고만 들었는데, 나중에 알고 보니 그냥 이혼했던 것 같아. 어린애에게 설명하기는 힘들었겠지. 할머니가 별로 탐탁지 않아 하는 것 같아서, 좀처럼 물어보기가 힘들었거든."

고등학생이 되었을 때, 아버지에게 어머니의 존재에 대해 들었다고 한다. 창고에 어머니의 물건을 정리해둔 골판지 상자가 몇 개 있다는 이야기를 들은 후시미가 거기에 있던 영화 DVD와 비디오 테이프를 발견한 거다.

……혹시나 그 일기도 그 골판지 상자 안에 들어있었던 건가?

그 이후로는 과자를 먹으면서 내가 찍을 영화 이야기를 했다.

"료 군이 만드는 영화에 내가 계속 나오는구나."

후시미는 그렇게 신이 나서 말했다.

잠시 후, 말하는 시간보다 침묵을 지키는 시간이 길어지자 우리 둘 다 잠이 온다는 걸 알았기에 나는 후시미네 집을 나서기로 했다.

⑫ 엔드 크레딧

후시미네 집에서 우리 집으로 돌아왔다.

집 현관은 잠기지 않은 채 다이닝룸 쪽에 불이 켜져 있었다.

신발을 보니 아무래도 어머니가 직장에서 돌아온 모양이었다.

다이닝룸에 고개를 내밀자 어머니는 녹화해둔 드라마를 보면서 마나가 싸준 점심밥을 남겨와서 그걸 안주 삼아 맥주를 마시고 있었다.

"불량 학생이다, 불량 학생. 이런 시간까지 뭐 하고 있었던 거야?"

"딱히 상관없잖아."

"축제라고 해서 들뜨기는~. 이상한 불꽃놀이를 쏘아 올린 건 아니겠지~?"

"아저씨야?"

히메지도 비슷한 말을 하긴 했지만.

냉장고에 있던 보리차를 마시면서 '오늘은 야근 안 해?', '야근은 두 가지 종류가 있거든~'이라고 간단히 이야기를 나누었다.

문득, 그 일기가 머릿속을 스쳐 갔다.

"……아버지 고향은 어디였어?"

"어디냐니, 이제 와서 그건 왜? 오봉이나 설날에는 그쪽 할아버지네 집에 여러 번 놀러 갔었잖니~."

……그렇지. 응, 거기가 맞는 거지.

그렇다면 역시 일기에 나온 신라는 아버지다.

"오늘 후시미랑 다른 친구들하고 축제에 갔었거든."

"히나하고 불꽃놀이를 봤어?"

"후시미하고만 본 건 아니지만 말이지."

"오~, 청춘~."

"시끄러워. 그런 건 필요 없다고."

나이도 꽤 든 사람이 왜 반 친구들처럼 놀려대는 거야?

에휴, 나는 한숨을 쉬었다.

"후시미네 어머니 이야기가 나왔는데. 뭐, 아는 거 있어? 나는 전혀 모르는데."

"아~. 사토미 씨? 나도 자세히 아는 건 아닌데, 예쁜 사람이었거든. 일이 바쁘다 뭐다 해서 가정을 내팽개치고 히나를 버리고 가버렸다던데."

후시미네 할머니도 탐탁지 않아 했다는 걸 보니 다른 사람이 보기에도 좋은 인상은 아닌 모양이다.

"뭐, 세간에서는 어떨지 모르겠지만, 이웃들 평판은 좋지 않았어."

"세간?"

"그래. 세간."

"우리집이랑 후시미네 집은 처음부터 사이가 좋았던 거야?"

"그야 뭐, 그렇지. 네 아버지하고 사토미 씨가 소꿉친구였던 모양이거든. 우연히 너희도 동갑이기도 했으니까, 나랑 사토미 씨는 요즘으로 따지면 맘카페 친구 같은 느낌이었어."

"소꿉친구?"

"너하고 히나 같은 소꿉친구였던 모양이던데."

아버지하고 후시미네 어머니가———?

그래서 옆집도 아닌데 친분이 있었던 건가?

"둘이 사이가 좋았다는 거야?"

"글쎄. 나는 잘 모르겠네."

좀 전까지 나를 놀려대던 사람답지 않은 무뚝뚝한 말투였다.

어머니는 남은 맥주를 다 마시고는 '재미없는 드라마네'라고 조용히 중얼거렸다.

어떻게 재미없는지 오히려 신경 쓰여서 나도 나머지 몇 분 동안 별생각 없이 보고 있었다.

크레딧이 화면 아래로 흐르는 와중에도 TV 화면에선 연기자들이 계속 연기를 하고 있었다.

출연자 명단에 아시하라 사토미라는 사람의 이름이 있었다.

사토미……?

텔레비전을 빤히 바라보고 있자니 어머니가 손가락으로 가리켰다.

"저 사람이야. 아시하라 사토미. 히나네 어머니."

후기

안녕하세요. 켄노지입니다.

개인적인 이야기입니다만, 새집으로 이사를 갑니다.

이번 권이 간행되었을 무렵에는 이미 정리가 어느 정도 되었을 겁니다.

후기를 쓰고 있는 7월 현재는 쓸데없는 옷이나 쓰지 않는 잡화 같은 것들을 사정없이 버리고 있습니다.

이 아파트에는 1년 반밖에 살지 않았습니다만, 인터넷이 들어오지 않는 방이었습니다. 자주 '광랜 ○○ 설치 가능합니다!'라는 전단지가 들어오곤 하는데, 이사를 오고 나서 여러모로 손을 써 봤지만 인터넷을 쓸 수가 없다는 결론이 나왔습니다. 제 방만 안 된다고 하네요. 진짜, 싫증이 났습니다.

은톨이 유튜브 시청자가 보기에는 스트레스만 잔뜩 쌓이는 나날이었습니다.

뭐, 어쩔 수 없이 포켓 Wi-Fi를 유선 인터넷 대신 쓰고 있었습니다만, 의외로 적응이 되네요. 유튜브나 동영상 스트리밍 서비스의 화질을 낮게 설정하면 의외로 볼 만 합니다.

화질이나 음질은 익숙해지면 문제가 없습니다. 인터넷 대전 FPS 게임 같은 건 거의 할 수가 없지만요.

새집에서는 최고 화질로 동영상을 마음껏 볼 수 있겠구나 생각하니 가슴이 두근거립니다.

이웃하고 문제가 안 생기면 좋겠는데……(절실함).

보신 대로 'S급 소꿉친구'가 5권까지 나왔습니다.

3권을 내면 성공이라는 이야기를 듣는 와중에 시리즈를 여기까지 이어올 수 있어서 정말 기쁘네요.

일러스트를 담당해 주고 계신 플라이 선생님과 편집자님, 기타 관계자 여러분께는 감사하다는 말밖에 드릴 게 없습니다.

물론, 읽어주시는 여러분 덕분이 가장 크겠죠.

언제까지 계속 이어나갈 수 있을지는 모르겠습니다만, 다음 권도 온 힘을 다하겠습니다.

또 읽어주시면 기쁠 것 같습니다.

그럼.

켄노지

성추행당할 뻔한 S급 미소녀를 구해주고 보니 옆자리 소꿉친구였다 5

2023년 5월 15일 1판 1쇄 발행

저　　　자 | 켄노지
일 러 스 트 | 플라이
옮 긴 이 | 천선필
발 행 인 | 유재옥
본 부 장 | 조병권
담당편집 | 박치우
편집 1팀 | 김준균 김혜연
편집 2팀 | 정영길 조찬희 박치우 정지원
편집 3팀 | 오준영 이해빈
편집 4팀 | 전태영 박소연
디 자 인 | 김보라 박민솔
라 이 츠 | 김정미 맹미영 이윤서
디 지 털 | 박상섭 김지연
발 행 처 | (주)소미미디어
인쇄제작처 | 코리아피앤피
등　　　록 | 제2015-000008호
주　　　소 | 서울시 마포구 토정로 222, 403호(신수동, 한국출판콘텐츠센터)
판　　　매 | (주)소미미디어
영　　　업 | 박종욱
마 케 팅 | 한민지 최정연 최원석 박수진
물　　　류 | 허석용
전　　　화 | (02)567-3388, Fax (02)322-7665

ISBN 979-11-384-7835-9
ISBN 979-11-384-0195-1 (세트)